Walter Eschler

Tüüflisches Chrut
E Gschicht us der Zyt vom Tubakverbot

Zytglogge

1. Auflage 1988

Alle Rechte vorbehalten

Copyright 1988 by Zytglogge Verlag Bern
Lektorat Hugo Ramseyer
Satz + Druck Länggass Druck AG Bern
Printed in Switzerland
ISBN 3 7296 0302 7

Zytglogge Verlag Bern, Eigerweg 16, CH-3073 Gümligen
Zytglogge Verlag Bonn, Cäsariusstr. 17, D-5300 Bonn 2

Auslieferung BRD: Brockhaus, Kommissionsgeschäft,
Am Wallgraben 127, D-7000 Stuttgart 80
Österreich: Verlagsauslieferung Karl Winter OHG,
Liebiggasse 3, A-1010 Wien

Umschlagbild:

Szene aus «Tüüflisches Chrut»
Uraufführung Berner Heimatschutz-Theater 1956
Foto Hans Steiner, Bern

Vorab es par Wort

– zu disem Büechli

D Idee zum «Tüüflische Chrut» han ich in ere Obersimetaler Chronik gfunde. I dera hiist's churz u bündig, dass i der Zyt vom bärnische Tubakverbot d Lengger Sitterichter, na der suntäglliche Grichtsverhandlig, im Pfarrhuus bim Tubaken erwütscht syge worde.

Über dä strafbar Verstooss gäge Gsetz u Ornig han ich i de Jahre 1954/55 ds Luschtspiil «Tüüflisches Chrut» gschribe. Wil usser de Bärner Verornigi kinner neehere Underlaagi ufztrybe sy, ischt mer nüt andersch übrigbblibe, als di damalige Lüt u der Handligsabluuf na beschtem Chöne sälber z ersine.

Uf Aaregig vo verschidene Syti han ich mich derzue la bewege, us em glyche Stoff en Erzelig z schrybe u dia i mene Büechli dem Läser zuegenglich z mache.

– zu der Mundart

Hie chunt zur Huptsach d Obersimetaler Mundart zum Zuug. Di Zuehagwanderete (der Kaschtlan, der Predikant u sy Frou) rede d Mundart vo Bärn un Umgäbig. Di ischt ring z läse u brucht hie net neeher erlüteret z wäärde.

Andersch bi der Obersimetaler Mundart. Si ischt

voller Iigehiiti. Da ischt vor alem di weichi, biegsami Sprachmelodie, der singend Tonfall.

U da sy di starch verlengerete, melodiöse Vokale, wo der Ton am Schluss gsenkt würt: Maa'a – Schnee'e – Stii'ina – Boo'ot – Huu'us. Der ö giit i der Dehnig miischtens i ne ganz churza e über: Rööeschti.

Der ch ischt ganz weich, er würt vor emene e zum bloosse h (Büeher) u vor emene s zu ggs (Fuggs für Fuchs).

Us em k mache wier e weicha gh (Ghanton für Kanton) un us em ck e ggh (Späggh für Späck).

Wil der Läser bi nere lut-trüije Schrybwys a den umstentliche Wortbildere blybt bhange u derdürtwile der Zemehang verliert, han ich mich hie für ne müglichscht ifachi, besser läsbari Schryþwys etschlosse.

Der i-Lut ischt uf dry Arti gschribe u söllti eso gläse wäärde:

    i churz offe   lige, singe
   ii leng, dumpf   Spiil, viil
   y churz u leng, hell yschrybe, Schrybwys

Dürhaar wo ie stiit, list mu i + e: hie, liecht, biege.

Im wytere würt sich der Läser bald sälber zrächtfinde. Di wichtigschte Wörter, wo mu im Underland net verstiit, sy im Aahang erlüteret.

– zum gschichtliche Hindergrund

Mit em Übergang zum protestantische Gluube im Jahr 1528 het di bärnischi Obrigkiit ooch gäge d Laschter wie Völlery, Trunksucht, Flueche, Schwöre u Tanze mit strenge Verornigi aakämpft u ds Volch zu mene gottesgfeligere Läbeswandel welen erzie.

Für di schwirigi Ufgab chöne z erfüle, ischt i jeder bärnische Chilchgmii es Sittegricht (oder Chorgricht, wie mun ihm müschtens het gsiit) ygsetzt worde. Das het i der Regel us em Predikant u säggs bis acht ehrbare Bürgere bestande. Di erwütschte Sünder sy vom Sittegricht emene strenge Verhöör underzoge u je nach ihrem Vergähe verwaarnet oder gstraaft worde.

I der Mitti vom 17. Jahrhundert ischt zum groosse Verdruss vo der Obrigkiit es nüws Laschter ufcho. Bärner Offiziera, wo na Jahre us holendische Dienschte zruggcho sy u mee oder weniger dem Herrgott der Tag abgstole hii, sy mit emene chlyne Gööni im Mull wichtigtuerisch i der Stadt umenandere gstolziert u hii der Ruuch von ebbrentem Chrut ygsuge u grad umhi us em Mull bblaase.

D Obrigkiit het das abschüwlich Benee als ene Verstoos gäge di gueti Sitte aaguggget u het ses mit verschidene Verornigi undersiit. Aber di nüji Mode het wie ne Süüch ging wyter um sich ggriffe. Im Jahr 1659, ‹als das tolle Röiken schon under dem gemeinen Land- und Dienstvolk, ja sogar under den Weibspersonen gemein worden›, het d Regierig gäge das miserabla Tubake es scharfs Mandat erlaasse, es Verbot, wo im ganze Bärnerland dem Volch vo de Kanzli aha het müesse verläse wäärde.

Wil d Lüt im Verschliikte gnüsslich wytertubaket hii, sy uf Ghiiss vo der Regierig i jeder Chilchgmii hiimlich Ufpasser ygsetzt worde, amtlich Schnüffler, wo d Uuge hii müessen offeni haa u verpflichtet sy gsi, di erwütschte Tubäkler dem Sittegricht zur Bestraafig z verziige. Aber es het net viil bbesseret. Ds Volch het dem fremdlendische Chrut, trotz alen obrigkiitliche Verornigi, net chöne widerstaa.

Wie sich där leng, verbisse Tubak-Chrieg zwüsche Regierig u Volch ungfähr abgspilt het, ziigt my Erzelig, wo ne Begäbehiit vo 1729 us der Lengg schilderet.
                                                    W. E.

*E*s ischt e strahlenda Suntigmorge.
A der Lengg ischt d Predig yglüttet worde. Von ale Syti haar ischt ds Volch der zwühundertjerige Chilche zuegströömt u het naadinaa d Bankreji fascht bis uf e letschte Platz gfüllt.

Im Pfruendhuus, der Bhusig vo der Predikantefamilie, ischt der Predikant Bachmann im Talar am Fenschter vo syr Studierstube gstande. Wäret alem Gloggeglüt het er nuch iinischt sy wohl vorberiiteti Predig übersinet u sich d Übergeng ypräägt, dass er uf der Chanzel müglichscht fry cha rede u ohni Zedel uschunt. Er ischt en ungfäär füfudryssgjeriga, läbhafta, ehnder fynglideriga Maa mit scharfem Verstand, en usgeziichneta Chanzelredner, wo scho syt säggs Jahren a der Lengg mit volem Ysatz ds Evangelium verchündet u unermüedlich gägen alz Sündhafta aakempft, e Predikant, wo mit Lyb u Seel a sym Amt hanget u vo de Lüte gachtet u gschetzt würt.

Der Zuestroom vo de Prediglüte het naadinaa abgnoo. Nume nuch es par Nachzügler sy underwäge gsi. D Frou Predikant ischt in ihrem schwarze Suntigsgwand i d Studierstube cho u het ihra Maa zum Ufbruch ermahnet. Där het di paratgliiti Bibel vom Schrybtisch ufgnoo, het sa mit aagwinkletem Arm fyrlich a di linggi Bruscht ghäbe u het sich mit syr Frou uf e Wääg gmacht. Si hii sich im Gaarte von ihru beede Purschlene, dem säggsjerige Johannesli u sym jüngere Schweschterli, verabschidet u sy, na mene churze andäächtige Gang, als letschti i der Chilche verschwunde. Der Sigrischt het di zwüüflügligi Porte zueta, u ds Gloggeglüt ischt verstummt. Es ischt still worde. Suntigfride lyt über em Dörfi, über de Fäldere u de Talhenge mit all de Hiimetlene, won iis wie ds andera nume über ne Charrwääg oder dür nes Fäldwägli zuegenglich sy.

Vo mene Waaldsuum aha het e Gugger i churze Abstende i sunige Vormitaag inhi grüeft. Im Pfruendhuus-Gaarte het der Johannesli dem muntere Gsell sofort Bschiid ggee. Drufahi het der Gugger, zum Vergnüege vo de beede Purschlene, gantwortet. De het umhi der Johannesli grüeft, u de wider der Gugger. Eso ischt das luschtig Spiil wyterggange, bis der Vogel us unerfindliche Gründe endgültig gschwüge het.

Am Chilchsture het der schmaal Schattestrich vo der Sunenuhr e Viertel über nüni ziigt. D Chilchetür ischt uftaa worde, en elteri Frou i der Suntigstracht het es Tuuffichindli uf den Arme usatraage un ischt mit dem jungen Ärdebürger uf em schmale Strässi i Richtig Pöscheried wyterglüffe. Hööi überem Dörfi het e Hüendervogel mit wyt usgspanete Flügle synner Kreisa zoge, u dür di offene Chilchefenschter töönt mächtig der Gsang vo de Prediglüte: «Allein Gott in der Höh sei Ehr ...»

Ygangs vom Dörfi sy vier gsuntiget Büebla uf der Simebrügg gstande u hii zu ihru Vergnüege e groossa Chriisascht über ds Holzglender i ds tifig Wasser ahigworffe u taluus i di wyti fremdi Wält gschickt. Si hii dem Ascht nahiggugget u zeme graatiburgeret, wie ne lengi Riis dass där ächt wärdi mache u was er alz z gsee überchömi. Sicher aafe Sant Stäffe, u de Zwüsime. Da sy si sich all iinig gsi. Der eltischt het nuch enöjis vo Boltige gsiit. Aber du isch es schwirig worde. Was de wyter nide chunt, ob ds Heilig Land oder Bärn, das hii si net mit Sicherhiit gwüsst.

Ab all ihrem Wärwiise ischt am Wildstrubel obna der Überhang vom Reezlisgletscher mit lutem Chlöpfe u Chroose abbroche un als mächtigi Yschlouene über d Felswend ahi polderet. Es tonderet der ganz Talchessel uus, u vo de Bärge zringsetum het's widerpaalet.

D Büebla hii sich dessi wytersch nüt gachtet. Das ischt hie hin u wider z ghööre. Si hii über das fremdaartig Heilig Land gredt, vom Abraham, vo mene Mooses u vom Goldige Chalb, vo dene ne der Schuelmiischter Buggs i der biblische Gschicht albe di merkwürdigschte Gschichti erzellt. Ds goldig Chalb het lang z prichte ggee. Sum hii a nes süttigs Chalb gluubt, un ander hii gfunde, das sygi doch gar net möglich, süscht müessti's ja ooch goldig Muniga u goldig Chüe gee. Si hii sich net chöne iinige u sy derwäge schier hinderenandere cho ...

Underdesse het sich der Schattestrich a der Sunenuhr dem Zächni gneeheret. D Prediglüt sy zur Chilchen usa gströömt u sy i chlyne Grüppelene z ale

Syti hiimeglüffe, di iinte gägen Oberried, anderi i ds Pöscheried hinderhi, uf d Ägerti usi, es paar über d Simebrügg i Guetebrune, i Brand oder a Metsch uehi.

Es Tschuppeli Nebenuuslüt sy i Chreemerlade, wo na der Predig het törffe uftaa wäärde, u hii allerlei Nöötigs für di neechschti Zyt ygchuuft. Un anderi hii uf em Fridhoof emene Verstorbene e stila Bsuech abgstattet.

Zwee guet aagliit elter Here sy vor der Chilche blybe staa u rede mitenandere. Der iint ischt der füfusächzjerig Kaschtlan Albrecht Herport, wo syt füf Jahre als Verträter vo der Bärner Regierig uf em obersimetalische Schloss Blankeburg amtiert u hütt im Chorgricht der Vorsitz füert. Trotz sym Aalter ischt er e stattlichi, starchi Persönlichkiit, e standesbewussta Bärner Patrizier i stedtisch fürnemer Aalegi. Er triit e halblenga hellblaua Rock, mit fyne wysse Rüschelene am Hals u voor a den Ermle, derzue glychfarbig Hosi u brun, under de Chnöije umgstülpet Rytstifla. Sy imposanti Allonge-Perügge, wo i groosse Locki über d Aggsli ahihanget, macht ne nuch stattlicher als er scho ischt. Di feschti Poschtuur u ds rundtlich, glattrassiert Gsicht, mit em Aasatz vo mene Doppelchini, laasse uf ene Gniesser vo guetem Ässe u Triihe schliesse, u d Fälteni nebet den Uuge – trotz syr amtliche Strengi – uf ene hindergründiga Humor. Er ischt e gwagleta Verträter vo der Obrigkiit, kent sich i sym

Amt uus u wiis us Erfahrig, wie mu mit der Bärgbevölkerig mues umgaa.

Sy Gspräächspartner ischt der Lengger Chorrichter Peter Jaggi, e groossgwagsena grada Maa i de Sächzge. Er triit e schwarza Huet, e lenga dunkelbruna Rock mit groosse Zierchnöpfe, es hübsches blüemelets Schili, hellbrun chnöileng Hosi, wyss Strümpf u schwarz Schnaleschue. Er git im Dörfi der Ton aa, kempft mit em Predikant gäge d Liederlichkiit, füert ab u zue im Chorgricht der Vorsitz un ischt im Strafe mengischt strenger als der Kaschtlan.

Underdesse het der Predikant im Pfruendhuus der Talar abzoge u d Bibel mit em Chorgrichtsmanual, dem Lengger Sünderegischter, tuuschet. Na nes par Worte mit Frou u Chind ischt er im ehrwürdige schwarze Gwand, dem briitrandige Predikantehuet u dem Grichtsmanual i der Hand zur Chilche zruggcho u mit de beede Richtere dür ds Dorfsträässi ahi zum Würtshuus glüffe.

Ds Würtshuus ischt der stattlichscht Holzbuw vom ganze Dörfi, mit hübsch verzierter Fenschterfront u mene wyt vorstehende, stiibeschwerte Schindletach. Uf em Vorplatz standen e vierbiinigi Fueterchrüpfe u nes par gwichtig Stiina mit Yseringe zum Aabinde vo de Rosse. D Staligi sy a der Hindersyte vom Huus. Hie, nebet de Rosse vom Würt, het der Kaschtlan dä Morge sy schwarz Vollbluet-Hengscht ygstellt, u hie nechtige alben ooch d Suumtieri vo de Süümere us em

Walis. Zmitts a der Vorderfront füert e stiinigi Stäge über vier Tritta i Husgang u linggerhand i d Würtsstube. Vom Gang uus chunt mu über ne Holzstäge in obere Stock un i d Grichtsstube.

Di dry Chorrichter sy über d Holzstägen uehi trappet, im dunkle Gang a drije vorgladene Sündere verbyglüffe u bi der hinderschte Tür i ne chlyna Neberum vo der Grichtsstube cho, wo d Richter Tritten u Buchs scho uf si gwaartet hii.

Der Tritte, vo Pruef Schmiid, ischt e briitschulteriga, rächtschaffena Maa i de Füfzge. Er ischt scho Witlig, redt net viil, het aber es guets Gspüri. Wenn er en Entschluss gfasset het, stiit er zu syr Uffassig, ooch dend, we si net allne passt.

Der Dorfschuelmiischter Buchs ischt es churzgwaggses, redseeligs Mendi, wo ds Läbe uf di liechti Aggsle nimt u sy füfchöpfigi Hushaaltig mit Schuelhaa u Pürele schlächt u rächt dürhibringt. I jüngere Jahre ischt er Süümer gsi u het all Wuchi iinischt mit sym Multier e Ladig Anke uf Thun oder Bärn bbraacht un am andere Taag Saalz un allergattig Waar für e Chreemer zrugg gfergget. I der Öffetlichkiit het er weenig oder nüt z säge. Derfüür chunt er schich im Chorgricht, bsundersch i Gägewart vom Kaschtlan, schuderhaft wichtig vor.

D Richter hii, als Ziiche vo Macht u Würdi, für d Verhandlig e Dägen umgschnalet u d Richtermantla aagliit: der Kaschtlan e rot-schwarz halbierta, der Predikant e schwarza mit emene hööije wysse Mülistiichrage, u di andere äbefalls e schwarza mit ifachem wyssem Chrage. Als lötschts hii si di briitrandige schwarze Richterhüet ufgsetzt.

Der Predikant, wo hie als Chorrichter u Schryber amtet, het es Tintefass, zwo Fäderi u d Ströisandbüggse us em Schaft gno, ds Grichtsmanual under en Arm gchlemmt un isch schich i d Grichtsstube a sym Platz ga instaliere.

Der Herport het sich mit em silberbschlagene Richterstab usgrüschtet. De ischt er, vor de Dorfrichtere haar, gwichtig i d Grichtsstube gstiflet u het im hööije Lehnstuel i der Mitti vom Tisch Platz gno. Zu syr Rächte ischt bereits der Herr Predikant gsässe; wyter rächts het sich der Tritte gsädlet. Linggs vom Kaschtlan het der Jaggi sy Platz ygno u nebet ihm der Buggs.

All sy in ihrer ydrücklichen Ufmachig daagsässe, u der Predikant het i ds Grichtsmanual ytraage:

«Sonntag den 4. Heumonat wird unter dem Präsidio des Herrn Kastlan Albrecht Herport Chorgricht gehalten.

Assessores neben mir, dem Predicant Samuel Bachmann, sind Peter Jaggi, Ulrich Tritten und Jakob Buchs. Abwesend sind di Richter Perren und Marggi.» Er liit d Fäderen ewägg u meldet: «I bi nache, Herr Kaschtlan.»

«Schöön, de chönne mer aafaa. Was hei mer als erschts?»

Ohni ufzgugge siit der Predikant: «... en unerfreuleche Verlümdigshandel.»

Der Jaggi erklärt, är hiigi d Verlümdera vor vier Tage, i Gägewart vo zweije Züge, bereits i di Zange gno. Si gäbi alz zue.

«Aha ja, das isch dä Fall, wo Der mer vori gschilderet heit.»

«Jawohl, Herr Kaschtlan.»

«Guet. – Herr Buchs, weit Dir di Frou ga ynerüeffe. Syt so guet.»

«Ehe», macht der Buggs dienschtfertiga. Er rybt d Hend, giit ga d Gangtür uftue u rüeft: «Büel Gryt! Aaträtte!»

E rächt ordelich aagliiti, gsundi, chreftigi Frou i de Dryssge chunt hinder em Buggs zur Tür inha. Si blybt uschlüssigi staa u strycht e Streene von ihrem blonde Haar us em Gsicht.

Der Kaschtlan wyst mit sym Richterstab gäg em grob zimmerete Aachlagebenkli u siit: «Sitzet dert ab.»

Si nimt Platz u betrachtet mit sichtlichem Unbehage di Zylete Richter in ihru schwarze Mentle u Hüete.

«Eue Name?» fraagt der Kaschtlan.

«Ludi Margrit», siit ds Wybervolch. Derby gugget's mit syne Poliuuge gäg em Predikant, wo scho yferig am Schryben ischt.

Der Herport ziigt mit em Richterstab uf di Vorgladeni, nimt sa scharf i d Uuge u beschuldiget sa: «Dir heiget verwiche mit Euem Maa und anderne Pärsone im Würtshuus gholeijet, wüescht gredt und unter anderem tüür und fescht behouptet, der Herr Predikant heig sech an Euch welle vergryfe.»

«... vergwaltige!» berichtiget der Jaggi.

«Stimt daas? – Heit Dir daas gseit?»

Di Aagchlagti gugget en Uugeblick wärwiisig vor schich hi. De siit si mutz: «Ja. – Aber ich bi bsuffeni gsi.»

«Soso. – Und? Het der Herr Predikant tatsächlech eso öppis vo nech verlangt?!»

«Nii», brummlet ds Froueli.

«Dir heit also grundloos e derigi Behouptung ufgstellt?!» drenglet der Herport zu mene offene Bekenntnis.

«Ja», schnaauet ds Froueli ulydigs. «Ich ha daas ja scho dem Jaggi daa gsiit!»

Der Kaschtlan nickt un ergenzt: «... und syget dä drufabe o no grad ga verbrüele!»

Ds Wybervolch gugget z Bode u git ekii Antwort.

Na mene Schutzeli siit der Kaschtlan i amtlichem Ton: «Guet. Mer wüsse gnue.» Er laat vo der Aagchlagten ab u siit: «Here Richter, d Malefikantin git di bösartigi Verlümdung vom ehrbare Herr Predikant zue. Ihri Schandtat isch erwise und mues bestraft wärde.»

D Richter hii mit Chopfnicke bypflichtet.

Der Herport überliit churz u ferrt wyter: «I beantrage em Gricht e Straf vo drei Stund Halsyse – vollziehbar am nächschte Suntig nach em Gottesdienscht.»

D Büel Gryt het es erchlüpfts Gsicht gmacht. D Richter hii sich dä Aatraag dür e Chopf la gaa: Halsyse, das het ne yglüüchtet, das ischt ennere Gäältpuess vorzzie u macht i der Öffetlichkiit mee Ydruck. Dry Stundi sy lang, aber dem Fall aagmesse.

«Isch me mit mym Vorschlag yverstande?» fraagt der Kaschtlan na mene Schutzeli. Der Jaggi, der Tritten u der Buchs hii ohni Gägenaatrag zuegstimmt. Der Predikant het als diräkt Betroffena begryflicherwys net wele Stelig nee.

«Also», macht der Kaschtlan u chlopfet mit em Richterstab uf e Tisch. «Di Straf isch gfellt! – Malefikantin, Dir heit nech am nächschte Suntig nach em Gottesdienscht vor der Chirche yzfinde. Isch Ech daas klar?»

«Ja», hässelet d Büel Gryt.

«Und jetz chönnet Der gaa.»

Di Verurtiilti ischt ufgstande, het d Richter der Reije naa stumm aaggugget un ischt zur Tür usi gmarschiert. Underdesse het der Predikant ds Urtiil im Sünderegischter ytraage u zum Schluss e chreftiga Fäderestrich under e Handel zoge, für ne vom neechschte Fall abzgrenze. De fraagt ne der Herport, was si im wytere nuch z behandle hiige. Aber scho bschiidet der Buggs: «Jitz ischt nume nuch der Lynewäber Schläppi mit sym Froueli ussna!» I syr Stimm het e liechti Schadefrüüd töönt. Öppis, wo hie iigetlich net dörfti sy.

Der Kaschtlan het di Unart überhöört. Er trümelet mit de Fingere uf di Tischplatte u siniert vor schich hii: «Der Lynewäber Schläppi – und sy Frou? – Hm – was hei di zwöi nume scho bbosget?»

«Me het se bim Tabaken ertappt, Herr Kaschtlan», hilft ihm der Predikant uf d Spur.

«Ach ja, prezis, natürlech – bim Tabaken ertappt. Mer hei ja chuum e Chorgrichtsverhandlung, ohni dass e derige Fall derby isch.»

«Ja, leider», macht der Seelehirt. De ferrt er bekümmeret wyter: «I weiss nid, wie daas no usechunt, we's eso wytergeit.»

«Net guet, sicher net guet», würft der Dorfschmiid Tritten y.

«Wier sy hie halt ooch grad a der Aarichti!» chreeit der Buggs. «Da würt mengs Secki Tubak vo de Walis-Süümere hiimlich über e Rawil dürha gfergget un um guet Bärner Batze verchuuft oder gäg Chees ustuuschet! Das ischt für di Eseltryber es Gschäft! Da wärde Prysa zallt! Prysa sägeni ööch, Prysa!»

Der Chorrichter Jaggi prichtet, dass ds Bratscheli im Guetebrune fääre sogar di letschti Späcksyten us sym Chemi gopferet hiigi, für vo dem Chrut z übercho.

«Isch daas dä, wo mer scho zwöimal bbüesst hei?» fraagt der Kaschtlan.

«Ja, där wo wer ihm hii müesse d Chind ewäggnee! Wil sogar synner Buebe hii aagfange Tubak schlurgge.»

«Ach ja», erinneret sich der Kaschtlan u lächlet zfride: «Dä het du zwar uf d Finger erwütscht, dass ihm ds Tabake allwäg für syner Läbtig verleidet isch.»

«Hmmmm», zwyflet der Jaggi, «ich ha ne im Verdaacht, dass er trotz alem umhi rüükt.»

Der Predikant hout mit der flache Hand uf e Tisch u zischlet: «Das isch doch e gottloosi Lydeschaft.»

«Jajaa...» pflichtet ihm der bedäächtig Tritte by. Un eeb är cha wyterrede, wätteret der sittestreng Seelehirt: «Das tüüflische Chrut wirt no zum Verderber vo der ganze Möntschheit!»

Es sygi wie ne Süüch, eryferet sich der Tritte. Mu chöni mit ale Mittle dergägen aakempfe, es nützi allz nüt! Das Übel gryffi im Verschliikte ging wyter um sich! U mu wärdin ihm trotz alem Ufpasse u Püesse net Miischter!

«Es ischt eso!» gaagget der Buggs am andere Tischendi. «We mu iina erwütscht un ihm sys Gruscht ewäggnimt, su tubake mytüri scho umhi zwee ander!»

«Es blybt nume no eis, myni Here», verchündet der Herport. «Mer müesse das vermaledeite Tabake no stränger bestrafe! ... d Schrube no meh aazie! I gloube, we mer d Buesse verdopple, so hört di miserabli Süüch doch de no einisch uuf.»

Der Jaggi u der Predikant sy mit dem Vorschlag sofort yverstande. Der Tritte zwyflet u miint, dass di Chrutsuger gwüss lieber e zähefachi Puess zale un e Monet Hunger lyde, als dass si das abschüwlich Rüüken ufgäbe. Der Dorfschuelmiischter Buggs ischt für d Verscherfig u pralaagget: «Nume hü! – E nüwa Zwick a d Giisle!»

«Guet», lächlet der Kaschtlan, «de wei mer luege, wie dä neu Zwick chlepft. – Herr Buchs, weit Der so guet sy und ds Froueli ynerüeffe!» Er nimt der Richterstab i di rächti Hand u setzt sich i groossi Posituur.

«Das würt es schöös Fahri absetze», siit der Jaggi halblut vor schich hii.

«Meinet Der? – Wiso?» wott der Herport wüsse.

Aber scho het der Buggs d Gangtür wagewyt ufta u rüeft: «Züsa! Du chunscht a d Reije!»

Im Gang ussna ghöört mu es Wybervolch hässele: «Es ischt mygottseel jitz de aafe bald Zyt!» De schiesst di Züsa zur Tür inha u schnederet: «Wär soll de hütt ds Meelti über...» Si verstumt, blybt plötzlich staa u staret mit offenem Mull uf di schwarz aagliite Richter am lenge Tisch. Underdesse het der Buggs d Gangtür zueta. Er stüpft ds Froueli i d Syte, ziigt gäg em Aachlagebank u befilt: «Absitze!» De marschiert er majestätisch a sy Platz zrugg.

Di Züsa het ekii Wank ta.

Der Herport het das ufölgig Wybervolch neeher gmuschteret u ygschetzt: Es ischt ungfähr vierzgjerig, biimager, het es bliichs Gsicht, graaui Uuge, schlächt Zend, streenigi Haar mit ere ugattliche Neschtete uf em Chopf, wo söllti es Pürzi sy, verwärhet Hend, altmodisches, ärmlichs Gwand, zwee unglychfaarbig Strümpf un abglüffe Schue.

Mu het sich gägesytig stumm betrachtet.

Na mene Schutzeli siit der Kaschtlan zimlich betoont: «Grüessgott.»

«Äbefalls», schnuwlet di Züsa puckt.

Der Herport ziigt mit em Richterstab uf di Vorgladeni u siit: «Dir syt em Lynewäber Schläppi sy Frou?!»

«Hm, das wiis ich scho lengschte», schnöödet di störischi Züsa.

Für wyter z cho, list der Predikant us em Grichtsmanual vor, was er grad ytraage het: «ist erschienen: Susanna Schläppi, geborene Rieder, Ehefrau des Bartlome, Leinenweber von und zu Lenk.»

«Stimmt's?» fraagt der Kaschtlan.

Kii Antwort.

«Ob's stimmi, wott i wüsse!»

«Mhm.»

Der Buggs macht der Züsa Ziiche, dass si sich entlich söli setze u befilt halblut: «Absitze.» Wil daas nüt bschiesst, siit der Kaschtlan früntlich: «Nämet dert Platz. Mer chönne de vilicht besser zäme rede.»

Di Züsa verziet ds Mull u setzt sich widerwillig uf e lehneloose Aachlagebank.

Under den Uuge vo de Richtere wüscht si ungschemt mit em Ermel langsam under der Nase düür u ziet d Luft lut obsich. Der Herport wartet geduldig, bis di Prozeduur fertig ischt. De ziigt er mit em Richterstab umhi gägem Froueli u giit i amtlich strengem Ton zur Aachlag über: «Susanna Schläppi! Dir syt mit Euem Maa bim Tabaken ertappt worde.»

Di Züsa wycht de Blicke vom Kaschtlan uus, gugget z Bode u git ekii Antwort.

«Su red doch! Süscht albe luuft dy Lafere wie nes frisch gsalbets Müliraad!» drenglet der Buggs ungeduldiga.

«Gäbet Der daas zue?» fraagt der Kaschtlan.

«– – Nii.»

«Soso? – Dir strytet's also ab?»

«– Ja.»

Der Predikant schiesst uuf, bückt sich über e Tisch, ziigt mit usgstrecktem Arm gäge ds Froueli un ermahnet's ydringlich: «Du sollst kein falsches Zeugnis reden!»

Ds Froueli het es überheblichs Gsicht gmacht – u der Predikant ischt ettüüschta umhi abgsässe. Ds Lüge nützi ra hie nüt, het der Chorrichter Jaggi di

Züsa verwaarnet. U der Kaschtlan git era z verstaa, dass unwahri Ussaage nume d Straf verscherfe.

«Miera», chunt's glychgültig zrugg.

«Sapperlot. Nämet doch Vernunft aa!» bättlet der Predikant.

U der Herport ferrt wyter: «Weit Der nid lieber es offes Geständnis ablege, solang's no Zyt isch?»

«Net nöötig.»

«Dir blybet also bi Euer Ussag?»

«Ja.»

«... und gäbet nid zue, dass Der tabaket heit?»

«Nii.»

«Guet. – I däm Fall müesse mer anders sattle. Mer wärde Eune laschterhafte Triibe scho no uf d Spuur cho.»

«Hm, zeerscht müesset er Züge ha!»

«Die wärde sech nötigefalls scho finde», erwideret der Herport mit emene überlägene Lächle.

Ds Froueli schiesst uuf, ziigt gägem Kaschtlan u schnederet: «... u derzue müesste si's de nuch chöne bewyse!»

Der Herport het nüt erwideret.

Di Züsa chäderet wyter: «... süscht gluuben ich nüt!»

Wil si ging nuch ekii Antwort überchunt, hässelet si erboosti gäge Richtertisch: «... u gibe nüt zue! – Rein gar nüt!» De stempfelet si mit em Fuess a Bode u schlüderet nuch es gwichtigs «Jawoll» gäge Kaschtlan.

Där stiit i syr ganze Gröössi uuf u pülveret zrugg: «Es tuet's jetz! Sitzet ab!» De befilt er dem Buggs, är söli ds Mandli inharüeffe.

«Ehe», tüderlet der Dorfschuelmiischter u marschiert mit gwichtige Schritte a der zruggbbundene Züsa verby gäge d Gangtür.

«Eh, wartet no!» rüeft ihm der Kaschtlan nahi. De fraagt er der Predikant, wär di beide ertappt hiigi.

«Der Schuelvogt Bratschi, Herr Kaschtlan. Är isch Ufpasser i däm Bezirk.»

«Guet», macht der Herport u befilt dem Buggs: «Lööt dä Maa o grad la hole!»

«Vergäbeni Müei! – Där ischt net dahiime!» probiert sich di Züsa usazhoue. Aber es ischt era net graate. Mu hiigi ne i der Predig gsee, het's am Richtertisch ghiisse.

«Das wurdi der allwääg grad passe, we där furt wee», het sa der Dorfschmiid gguslet.

«Oh wäge dessi ... iich schüche där nüt!»

«Aber vilicht synner Ussaagi, gäll!» stichlet der Buggs. De giit er i Gang usi, u mu ghöört ne komandiere: «Lynewäber! – Cho Bschiid gee!»

Churz druuf ischt der spindeldürr, armseelig aagliit Lynewäber mit em uschuldigschte Gsicht zur Tür inhapföselet. Er het gägem Richtertisch zwee tüüf Bückliga vollfüert u schynheilig gflöötet: «Grüessgottwohl di ganzi hochwohllöblichi, gnädigi Ehrbarkiit!»

Ohni sich vo sym hüchlerische Tue la z beydrucke, hiin ihm d Richter der Gruess erwideret. Der Kaschtlan het ne scharf beobachtet, für usazfinde, mit wem er'sch z tüe hiigi: Schläppi ischt gröösser als ds Froueli, schynt aber jünger z sy; het es bliichs Lynewäbergsicht, schütteri Haar u ne hööji Stirnglatze. Der abtraage Rock ischt ihm z enga, d Ermel sy z churz. Er stiit vermuetlich under em Regiment vo syr Frou, ischt verengschtigeta u het es schlächts Gwüsse.

«Nämet dert näb Euer Frou Platz», befilt ihm der Herport.

«Ja gärn, gnäädiga Herr Chaschtlan. Hehe.» Der Lynewäber setzt sich nebe sys Froueli u git i churzen Abstende ging umhi es erzwunges Lache vo sich, es churzes Hehe, mit dem er sys offesichtlich Unbehage probiert z überspile.

«Eue Name?!» forderet ne der Herport uuf.

«Bartlome Schläppi. – Hehe – Hehe.»

Der Predikant ischt am Ytraage vo de Personalie un ergenzt lut ab alem Schrybe: «... Leinenweber von und zu Lenk.»

«Jawoll Herr Predikant. – Hehe – Hehe.»

Der Herport ziigt mit em Richterstab uf e Vorgladene u giit sofort zum Verhör über: «Lynewäber – Dir wüsset, warum Der dahäre zitiert worde syt?!»

«Nii, Herr Chaschtlan, äbe net! – Hehe. – Züseli un iich hii nus die Taga beedi ds Hirni ergrüblet. Aber wier sy wäägerli-wääger net druufchoo.»

«Soo? – Heit Der so nes schwachs Gedächtnis?»

«Hehe», macht der Lynewäber u verchündet i sym beschte Tütsch: «Es ischt nicht grad alz aufs Bescht bestellt, Herr Chaschtlan. – Hehe – Hehe.»

Der Predikant schiesst mit grunzleter Stirne uuf u fraagt i strengem Ton: «Und Eues Gwüsse! – Wie steit's mit däm?»

«Oh, wohlerwürdiga Herr Predikant, ich eh – es ischt – ich cha net chlage.»

«Aber allem aa ou nid rüeme», würft ihm der Seelehirt vor.

Der Lynewäber macht es schynheiligs Gsicht, gugget schreeg una fürha u tüderlet: «Sälbschtlob stiicht, Herr Predikant! Därum soll mu siich sälber net verherrliche.»

I dem Moment ischt der Buggs zruggcho. Er ischt zum Richtertisch gstaabet u het dem Kaschtlan z wüsse ta, dass mu der Ufpasser Bratschi sofort gangi ga riiche. Er wohni ganz i der Neehi. Der Herport het churz ddanket u het sich umhi mit em Lynewäber welen abgee. Aber dä het mit der Züsa gchüschelet. «Lynewäber», rüeft er streng, «wüsset Dir nümm, dass Der mit Euer Frou bim Tabaken ertapt syt worde?»

«Eh der Tuusig. – Nii.»

Ds Froueli schlengget der Chopf uuf un ab u bhertet: «Ich wiis vo nüt, u Bäärchtli wiis vo nüt, das ischt...»

«Dir heit jetz nid dryzrede! Verstande!» underbricht ses der Kaschtlan scharf. De ferrt er überzügt wyter: «Der Ufpasser Bratschi wirt Euem churze Gedächtnis vermuetlech gly uf d Spur hälfe.»

«Herr Chaschtlan», würft der Lynewäber y, «mu tarf net ging alz Schlächta gluube, wo d Lüt bhuupte.»

«Und meischtens ou nid, was si probieren abzstrytte!» het ihm der Herport lut eggäge.

Di Aagschuldigete hii nüt erwideret. Es ischt es Schutzeli ganz still i der Stube, u Schläppelis gsee, dass der Predikant enöjis i ds Sünderegischter schrybt. Sicher nüt Gfröits! Si strecken ihrer Häls u wette wüsse, was de däär scho umhi i das verflixt Buech z haaggle het. Si hii ja nu nüt zueggee! u wäärden ooch wyterhii nüt zuegee.

Der Kaschtlan macht ihrem Hälsle es geejs End. «Vorgladeni», rüeft er streng. «Dir wüsset beidi, dass das miserable Tabakrouke, -schigge und -schnupfe hochobrigkeitlech verbotten isch!?»

«Ja», nickt ds Mendi.

«... und dass alli, wo me bi däm ufläätige Tue aatrifft, bestraft wärde.»

«Ja.»

«Guet. Das wär afe zueggää», siit der Kaschtlan mit emene Syteblick gäg em Predikant. Där het das Gstendnis i ds Manual ytraage. Na mene Cheerli het der Lynewäber grüblerischa ygwendet: «Aber Herr

Chaschtlan, ds Tubake ischt iigetlich, we mu's eso betrachtet, nüt Schlimms.»

«So? – nüt Schlimms? Was isch de daas, we men es obrigkeitlechs Verbott missachtet?!» fraagt der Kaschtlan i scharfem Ton.

«Und men obedruuf di Missetat rundewägg abstryttet!» ergenzt der Predikant in aller Strengi. Ds Lynewäbersch hii uf di Aaschuldigung ekii Antwort ggee. Si sy stumm daagsässe u hii d Mullegge la hange. Mu het uf ds Erschyne vom Ufpasser gwaartet.

Nüt über lang het der Lynewäber wele wüsse, wärum dass de di hochwohlgeborene, gnädige Here z Bärn das Tubake verbotte hiige.

«Wil's es gottvergässes Laschter isch!» bschuelet ne der Kaschtlan fascht echli ulydiga. «Wil's d Gsundheit schädiget! Wil's d Lüt zum Nüttue oder sogar geng meh zu Schnaps und Spiil und Tanz und wie di Unsitte alli heisse, verfüert! Wil me im wytere mit vollem Rächt förchtet, dass me bi däm unsinnige Chrutverbrönne chönt d Hüser aazündte! Wil me ...» Es het öpper a d Tür gchlopfet.

«Das ischt scho Bratschi», meldet der Buggs.

«Ja! – Yne!» rüeft der Kaschtlan.

Ali gugge zur Tür. Der Ufpasser Bratschi, en ungfähr vierzgjeriga, guet aagliita, strama Maa trappet i d Stube. Der Huet i der Hand, siit er mit chreftiger, tüüffer Stimm: «Grüessgott mitenandere. Ier hiit mich la rüeffe, Herr Kaschtlan.»

«Ja, mer bruuche nech», eröffnet ihm der Herport u wyst gäge di Aagchlagte. «Dir heiget di beide Vorgladene verwiche bim Tabaken ertappt.»

Na mene churze Blick uf ds Lynewäbersch het der Ufpasser daas mit emene chreftige «Jawoll» beschtätiget. U der Kaschtlan forderet ne uuf, dem Gricht alz z prichte, was är gsee u z rapportiere hiigi.

«Gääre», macht der Bratschi u faat ehrerbietig aa: «Hochwohlgeborena Herr Kaschtlan, wohlehrwürdiga Herr Predikant, ehrbar Here Chorrichter. – Ich bi letschte Zyschtig am Aabe um di zächni…»

«Herr – eh – Herr Chaschtlan – ich …» rüeft di Züsa u presst d Hend uf e Buuch.

Jitz redi der Ufpasser, git era der Herport verergeret z verstaa.

«Ich – ää – ich ha plötzlich…»

Si söli sich sofort stillha! brüelet sa der Kaschtlan aa.

«Oioioi – my Mage! Ich gstande's netme uus!»

Ds Mandli ischt ufgstande u schnederet: «Ich mues gwüss gwüss sofort mit Züseli hiime!»

«E derigen Abgang würd Ech grad passe!» polderet der Herport. «Aber jetz git's keis Dervo, bis mer öji laschterhafti Tabakangelägeheit usgmarch…»

«Iiiii!» underbricht ne di Züsa. «Jitz würt's mer brandschwarz! Häbet mich!» Si verdreeit d Uuge, plampet usicher hin u haar u troolet platsch a Boden usi.

«Züseli! Um der Tuusiggottswile!» rüeft der Lynewäber. Er bückt sich über ds Frouelli, tätschlet ihm ds Gsicht u weeberet entsetzta: «Züseli – Züseli.» De niflet er ihm am Plusli u fraagt verengschtigeta: «Soll der oppa aafe ds Gstältli...» Ds Frouelli presst tifig d Hend uf d Bruscht, lüpft echli der Chopf u chüschelet vorwurfsvoll: «Was miinscht ooch.»

Das ischt dem Herport zviil. Er schnellt uuf, stiit daa wien e Fäldheer u befilt mit mächtiger Stimm: «Lööt e grossi Bütti voll Wasser hole! und zwee Stricke! eine für d Bei und eine für d Händ! Mer wei dä chrank Mage mitsamt em Frouelli und allem Drum und Dra i chürzeschter Zyt...»

«Net nöötig!» würft di verschmijeti Züsa engschtlich y. Si poorzet langsam i d Hocki u pyschtet mit schwacher Stimm: «Ich gluube – es giit verby. Es ischt mer scho umhi...»

«Also guet», underbricht sa der Kaschtlan. «Nämet wider näb Euem Maa Platz! Und we Der is no einisch underbrächet, so la nech i ds Chefeli abfüere, bis Der Vernunft aagno heit!»

Under vortüüschte Schmeerze ischt di Züsa mit Ach u Weh u chrumem Rügg nebe ds Mandli gsässe. Si presst d Ärmleni uf e Buuch, bückt sich wyt vorahi u pyschtet u jammeret: «Eh der Tag – u ds Läbe.»

Der Herport het sa e Moment streng aaggugget. De befilt er dem Ufpasser, mit sym Pricht nuch iinischt aazfaa.

Der Bratschi ischt umhi zwääg-gstanden u het

bedäächtig erzelt: Är sygi am verwichene Zyschtig i der Nachtfiischteri vom Oberried hiimeglüffe. Wonn er zu ds Lynewäber Schläppis Hüsli cho sygi, hiigi er gsee, dass im Wäbstübli nuch Liecht bbrune hiigi u beedi Pfeeschter halbbatzig mit Tüechere u Hudle vermacht syge gsi. Das Verheech sygin ihm bi dem hilben Aabe merkwürdig u verdäächtig voorchoo! Därum sygi är hübschelich zuehitüüsselet u hiigi a der Tür glost. – Ds Lynewäbersch sygen e nüwa Zettel am Ufspane gsi, u ds Mandli hiigi zu alem Hantiere sym Froueli luub u zfride vo mene gäbige Walis-Süümer u vo Tubak prichtelet. Wonn er a di Tür gchlopfet hiigi, sygi's im Stübli uf ii Schlaag muxstill worde.

«Ähä», rüeft der Buggs derzwüsche.

Der Ufpasser ferrt wyter: Wil di Tür sygi bschlosseni gsi, hiigi är befole, mu sölin ihm uftue! – Aber das hiigi natürlich nüt bschosse. Dernaa hiigi är schich z erchene ggee u inhi grüeft, dass er di Tür ytrücki, we mun ihm net enandernaa uftüeji! Inafüür hiige si enöjis zeme gchüschelet, aber süscht ekii Wank ta. Är hiigi nuch es Schutzeli gwaartet – u du es Aalüüfi gnoo u mit der Aggsle der Tür e tola Mupf ggee, dass sich d Fale gchrümt hiigi un us der Bschlüssig gsprunge sygi. Di Tür flügi uuf, un är gseeji Schläppelis beedi ganz vertatereti zmitts im vertubakete Stübli staa. Ds Mandli hiigi es ebbrennts Pfyffli i der Hand ghäbe u ds Froueli e Hampfele Tubak im Mull.

«Soso», nickt der Herport, «Dir heit se also grad in flagranti ertappt.»

«Jawohl, Herr Kaschtlan.»

Der Herport gugget zu den Überfüerte u fraagt: «Was säget Dir jetz zu däm Pricht?»

Di Züsa schnellt uuf u wäffelet: «Das ischt alz erstuuche un erloge!»

«So, soso», macht der Kaschtlan in aller Rue. «Dir stryttet's also gäng no ab.»

«Woloppa tuen ich daas!» eryferet sich ds Froueli. Es macht zwee dry Schritta gäge Richtertisch, ziigt uf en Ufpasser u wüetelet: «Där söllti sich i Grund u Boden ahi scheme, armi, rächtschaffeni Lüt e deewääg hundsmiserabel ga z verlümde! – Där elend Sidian! – Där Schnuderhund! – Ich gibe nüt zue! – Ä'ä. – Gar rein nüt giben ich zue!»

Der Herport het di Ergelschtereti es Schutzeli stumm betrachtet. De nickt er dem Froueli verstendnisvoll zue u siit früntlich: «I begryfe nech ganz guet.»

«Jäää – ?» macht di Züsa verwundereti u doch echli misstrüwi.

«Jää-jajaa, es isch eso», höbelet der Kaschtlan wyter. «We mir eine di Türe derewääg tät zertrümmere, de würd ig ou verruckt.»

Di Züsa ischt bi där unerwartete Understützig i Chut cho: «Z Hudels u z Fätze het er scha verchiibet, där Grobian, där...»

«Su hettet mer doch uftaa, wie nuch befole ha!» brüelet era der Ufpasser erboosta i ds Wort.

Ds Froueli ziigt umhi uf e Bratschi, macht e wytera Schritt gäge Kaschtlan u schnederet: «Där cha nus de grad e nigelnagelnüwi Tür bsale! Jawoll!»

«Dir heit ganz rächt», nickt der Herport. «Das liess ig mer ou nid ohni wyteres la gfalle. Eso ne Tür isch nid nüt.»

«Gälet», tüderlet di Züsa guettäggels.

«Öppe schier», flöötet der Schlossheer zrugg, «öppe schier.» Er bückt sich früntschaftlich über di Tischplatte, blinzlet dem Froueli verstole zue u chüschelet spitzbüebisch: «Nume chan i nid rächt verstah, warum dass Dir der Tabak nid ehnder us em Muul gno heit.»

«Hoho. Da chönt er de ga säge, Herr Chaschtlan», pralaagget ds Froueli. «Aber laat Ier ööch iinischt mit emene süttig feine Schigg im Mull deewääg ugsinet überrum...»

Der Lynewäber ischt ufgschosse, verwürft d Ärmleni u brüelet: «Du bischt e Tschudel!»

D Chorrichter lache uf de Stockzende. U di Züsa het entlich begriffe, dass si dem Kaschtlan i ds Fangnetz graaten ischt u sich verschnepft het. Tuubi schlaat si d Hand vor ds Mull, staret mit wyt offene Uuge i ds Leera u wiis zur Säältehiit netme wyter. De mues si ghööre, wie sa der Buggs vom Richtertisch uus mit verstellt hööijer Stimm veranteret: «Ich gibe nüt zue!

Ä'ä. Rein gar nüt giben ich zue!» Si hetti dem Süchel am liebschten i ds Gsicht gspöit.

Der Lynewäber ischt umhi abgsässe. Er hemmeret es parmaal mit beede Pfüüschte uf d Chnöi u wüetelet: «Eh du elendi, elendi Chlappertäsche.»

Di Züsa treeit sich blitztifig um u tschäderet: «Waas?!» Si schuenet zum Mandli u hässelet: «Du bischt dschuld! Niemer andersch als duu! Du hescht das Chrut...»

«Rue!» rüeft der Kaschtlan lut u befilt dem Froueli, enandernaa abzsitze, d Verhandlig gangi wyter. Di Strytbari stiit e Moment uschlüssig daa. De setzt si sich tuubi dshinderfüür uf en Aachlagebank u cheert de Richtere respäktlos d Hindersyte zue. Der Predikant schüttlet ab dem rüppelhafte Gebaare der Chopf. Dernaa schrybt er am Gstendnis wyter. U der Herport wott vom Ufpasser wüsse, ob är di Pfyffe u der Tubak vom Lynewäber konfisziert hiigi.

«Ich bi wääger net derzuecho, Herr Kaschtlan», git ihm der Bratschi chlylut zur Antwort.

«Soo? – wiso nid?»

«Ier wärdets begryfe, wen ich mit mym Pricht wyterfahre.»

«Jää, isch dä no nid fertig?»

«Net ganz, nii.»

«Janu», macht der Herport. Er lehnt sich i sym Stuel wohlig zrugg, streckt d Bii vo sich, verschrenkt d

Arme u siit schliesslich: «Also, verzellet wyter. Mer lose.»

Der Ufpasser verliit ds Gwicht von iim Bii uf ds andera u schilderet: «Wie scho vermeldet, sy di beede ganz vertatereti zmitts im vertubakete Wäbstübli gstande u hii vor Chlupf ekiis Wort fürhabbraacht. Ds Mandli het vor Angscht u Wuet gschlotteret u ds Froueli het iisderdaar Tubaksoosse ahigworgglet. – Uf ds mal nimt ds Wybli e Ggump u spöit mer di ganzi Ladig Tubak...»

Es luts Glächter vo der Züsa het ne underbroche. Si cheert sich gägen Ufpasser u jublet voller Schadefrüüd: «Gäll, dich het's priicht! Hähähähää, du hescht überchoo für dys Spioniere!» Si lachet u lachet u lachet.

Der Herport gugget vom Froueli zum Ufpasser u fraagt: «Het si nech tatsächlech preicht?»

«Oppa schier!» trümpft di Züsa uuf.

«Äbe het si», bschiidet der Ufpasser u siit verläge: «Di ganzi Fläre ischt mer zmitts i ds Gsicht gfloge.»

Eeb der Kaschtlan öppis het chöne erwidere, verchündet ds Froueli beluschtigets: «Där ischt du ggange ohni Guetnacht z säge! Eh der Tag u ds Läbe, ischt där dervotraabet! Wie we der Lybhaftig hinder mu wee!» Si het überheblich um sich ggugget un offesichtlich es Hohnglächter erwaartet.

Aber es het niemer glachet.

«Ich bi gwüss echli erchlüpft», etschuldiget Bratschi sy urüemlich Abgang.

«Begryflech», nickt ihm der Herport verstendnisvoll zue. Er fingerlet am Richterstab u siit: «Janu. Mer wärde di grobi Beleidigung vo neren Amtsperson bi der Beurteilung vom Strafmass gebührend i Betracht zie.» D Chorrichter nicke. Ds Lynewäbersch sy chlyluti worde. Der Kaschtlan hört mit Gvätterle uuf u fraagt der Ufpasser, ob är e Gnuegtuig verlangi.

«Nii, Herr Kaschtlan. Das hiisst, imel net dür ds Chorgricht», erwideret Bratschi. Es lyt ihm mee drande, glägetlich mit der Züsa sälber abzrächne.

«Guet», macht der Herport u cheert sich gäge di Überfüerte. Er ziigt mit em Stab uf e Lynewäber u wott von ihm wüsse, wem är di Pfyffe u der Tubak abgliferet hiigi.

Ds Mandli gugget z Bode u het mit der Antwort zrugg. A syr Stell meldet der Chorrichter Tritte, är hiigi dem Lynewäber la säge, dass er alz Tubakzüg hütt dahäre z bringe hiigi. Un är wüssi, dass ihm daas usgrichtet sygi worde.

«Also, füre mit där verbottene Waar!» befilt der Kaschtlan scharf.

Der Lynewäber het e Trümel gmacht wie sibe Tag Rägewätter, ischt langsam ufgstande u gägem Richtertisch gschläärpelet. Umschtentlich het er us em iinte Hosesack es Tubakpfyffli zoge, un us em andere e tröchneti Suwplaatere mit echli Tubak drinde. Er het iis nam andere widerwilig u wortloos uf e Tisch gliit u d Richter mit kiim Blick gwürdiget. Zum Ziiche, dass er alz fürhaggee hiigi, chlopfet er mit beede Henden es parmaal uf di leere Hoseseck.

D Richter betrachte di abglifereti Tubakruschtig uf em Tisch. Der Predikant würt misstrüwa. Er ziigt uf das verwurgget, dünn Tubakpäckli u fraagt streng: «Lynewäber! Isch daas alle Tabak?»

Ds Mandeli gugget verengschtigets der Seelsorger aa, schlückt es parmaal leer, chlopfet umhi uf d Hoseseck u stiglet: «Herr Pre – Herr Predi-kant – ich eh – i ha nütme i de Secke.»

Der Kaschtlan stiit i syr ganze Stattlichi uuf, gugget uf das miggerig Mendi ahi u tonderet: «Lynewäber, Dir heit daheim no meh Tabak!»

Ds überrumplet Schläppeli gugget ewägg u siit na mene Schutzeli mit schwachem Chopfnicke: «Jaa.»

«Also», macht der Kaschtlan. Er stützt d Hend i d Hüft u befilt i scharfem Ton: «Dir bringet alles Chrut, wo Der daheim versteckt heit, no hütt em Herr Predi-kant i ds Pfruendhuus! – Alles! – Heit Der daas ver-stande?»

«Jaa.»

«We Der no nes Gymeli vo däm verbottene Züüg zruggbhaltet, so tüe mer nech es paar Wuche nach Blankeburg a d Fischteri, zu Wasser und Brot! – Isch Ech das klar?»

«Ja, Herr Chaschtlan.»

«Guet. Ganget a Eue Platz!» komandiert der Herport u setzt sich umhi i sy imposant Lehnstuel. Der gringglet Lynewäber ischt niderbbrätscheta umhi nebet sys Froueli ga sitze. Sobald er schich gsädlet het ghäbe u beedi stili sy, verchündet der Kaschtlan: «So, mer sy äntlech sowyt. Herr Predikant, weit Der so guet sy und schrybe –»

«Jawohl, Herr Kaschtlan», bschiidet der Predikant. Er nimt d Fädere zur Hand, schiebt ds Sünderegischter i ne gäbigi Schryblaag u siit dienschtfertiga: «I bi sowyt.»

«Schön», macht der Herport u lehnt sich im Stuel zrugg. Gedankeversunke gfätterlet er umhi mit sym Richterstab u diktiert dem Predikant langsam, eso dass där mit Schrybe guet nahichunt:

«Die vorgeladene Susanna Schläppi gibt zu: – Erstens. Dass sie durch den ehrbaren Verleider Bratschi – beim verwerflichen und verbotenen Tabakkauen ertappt wurde. – Zweitens. Dass sie den gekauten Tabak dem vorgenannten Aufpasser Bratschi ins Gesicht spuckte – und sich hiermit gegen eine Amtsperson gröblich verging.»

Der Ufpasser het gnickt, u di Züsa het öppis Uverstentlichs bbrummlet. Der Kaschtlan würft era en ulydiga Blick zue u diktiert wyter: «Es ist ferner erwiesen – dass sich dero Ehemann Bartlome Schläppi gleichzeitig dem noch schändlicheren Tabakrouken hingab.

Punkt.» Uf daas hii gugget er zu den Überfüerte u befilt: «Malefikante, standet uuf!»

Schläppelis sy tuuchi ufgstande u hii di füf Sitterichter verengschtiget aaggugget. Di Züsa het d Ärmleni la hange, ds Mull halb offes ghäbe un ekii Lut vo sich ggee. Dem Lynewäber het's us luter Angscht ds Chini gflüderet. Aber er het nüt dergäge chöne tue; es ischt ifach daa gsi.

Der Kaschtlan nimt der Richterstab i d Hand, richtet sich uuf u verchündet i amtlich strengem Ton: «Mer chöme zu der Verurteilung.» Er macht e churzi Pouse, de fasst er zeme: «Here Richter, di Überfüerte hei gwüsst, dass der Handel mit Tabak, das nütnutzige Tabakrouke und -schigge im ganze Bärnbiet obrigkeitlech sträng underseit isch. Trotzdäm hei si sech heimlech Tabak verschaffet und das verbottene Chrut gschigget und groukt. Im wytere het d Frou en Ufpasser uf ene respäktlosi, niderträchtigi Art und Wys beleidiget. – Alles isch erwise. – Hei di Here no ne Frag?»

D Richter hii d Chöpf gschüttlet, kina het öppis yzwende oder z fraage ghäbe.

«Guet», macht der Kaschtlan. Er überliit churz u siit: «I beantragen em Gricht folgendi Buesse: Em Malefikant Bartlome Schläppi, für ds Tabake zäh Chrone.»

Der Lynewäber schiesst elenda zeme. U ds Froueli rüeft etsetzt: «Waas?! Zähe Chrooni?!»

«Jawohl, zäh Chrone», nickt der Herport.
Di Züsa stüpft ihres Mandli i d Syte u heepet: «Hescht ghöört? – Zähe Chrooni!»
«Jaa», weeberet der Lynewäber ohni ufzgugge.
Ds Froueli cheert sich gäge Richtertisch u räägget vorwurfsvoll: «Zähe Chrooni! De müesste wier ja grad ds iint Süwli verchuuffe!»
«Warschynlech beidi», git der Kaschtlan troche zrugg. Er wiis, dass d Süw jitz nu net viil weegge, höischtens füfzg Pfund, das git e chlyni Summ.
«Hm», macht di Züsa verächtlich, «de verstaat Ier nüt vo Süwlene, wen Ier miinet, di syge zemethaft nume zähe Chrooni wärt. Süttig prav, toll Süw wie daas sy.» De schnöödet si: «Ööch wellt ich mit myne Süwlene aafe net z Merit schicke. Niisgott.»
Der Kaschtlan het nüt erwideret. Über sys Gsicht giit es flüchtigs Lächle. Andersch der Jaggi, där ergeret sich schuderhaft über di uverschanti Züsa u brüelet, si söli entlich emal ihri Laferiggosche gstele u lose, was jitz de ihra blüeji. Der Buggs het sich net chöne überhaa u stellt era wichtigtuerisch in Ussicht: «Bi dier chlöpft's de nuch vil verflüechter!»
Das het der Züsa ekii Ydruck gmacht. Mit ere verächtliche, gringschetzige Grimasse git si dem Pralaaggi z verstaa, dass är im Chorgricht doch nüt z bedüte hiigi! Dermit het si ne ertüübt. Aber das ischt era glych.
Na dem churze Zwüschespiil nimt der Kaschtlan d

Verhandlig umhi uuf. Er chlopfet mit em Stab uf e Tisch u verchündet: «Im wytere isch z büesse: di Malefikantin Susanna Schläppi, für ds Schigge mit sächs Chrone, und für di unfläätigi Spöijerei mit vier Chrone.»

Di Züsa setzt zum Reklamieren aa u rüeft: «Herr Chascht...»

Aber der Herport laat sich net underbräche u redt dem Froueli lut i ds Wort: «Das macht summa summarum für beidi zwänzig Chrone.»

U scho umhi heepet ds ufdringlich Froueli: «Herr Chaschtlan...»

«Here Chorrichter», ferrt der Herport beharrlich wyter, «d Malefikantin het sech während der ganze Grichtsverhandlung überuus ungebührlech ufgfüert. Darum beantrageni abschliessend no folgendes: Es söll ihre für das respäktlose Benäh vor der Ehrbarkeit e Buess vo zwo Chrone uferleit wärde. Und zwar eso, dass dä Betrag mit der kabutte Türe verrächnet wird. Si brucht also di zwo Chrone nid z zale, söll hingäge für ds Flicke vo der Bschlüssig ou nüt übercho.»

Ds Lynewäbersch hii sich elendi uf en Aachlagebank la plötsche. Di Züsa het pyschtet u enöjis brummlet. Mu het sa dasmaal chöne begryfe. Es sy gwichtig Puessi, wo der Kaschtlan de Dorfrichtere zum Etschiid vorgschlage het. Aber we mu alz i Betracht ziet, sy di zwenzg Chrooni dem Vergähen aagmesse, sogar we ds Lynewäbersch e Zytlang müesse schmaalbaarte. Dass di kabutti Tür soll verrächnet wärde, ischt e gueti, salomonischi Löösig. Si erübriget en Usenandersetzig über d Hööji vom aagriisete Schade, wo beschtimt vil chlynder ischt als ne di Züsa gschilderet het. Das sy d Überlegigi vo de Richtere gsi.

«Sy di Here mit dene Anträg yverstande oder het eine öppis yzwände?» fraagt der Kaschtlan.

Der Jaggi u der Buggs hii sym Vorschlag sofort zuegstimmt, schliesslich ooch der Predikant u der Tritte. Di beede hii echli Bedenke wäge der hööije Puess. Wil mu aber e Verdopplig bschlosse het, hii si kinner Ywend gmacht.

«Also eistimmig», stellt der Herport fescht. Er chlopfet mit em ufgstellte Richterstab uf di Tischplatte u verchündet: «Di Buesse sy gfellt.» De cheert er sich gägem Schryber u ferrt wyter: «Herr Predikant, weit Der se grad ytraage.»

«Jawohl, Herr Kaschtlan», nickt där u triit ds Urtiil samt der Begründig u den uferliite Puessi mit wohlformulierte Setze i ds Sünderegischter y.

Ds fyn Chratze vo der Schrybfädere würt nüt über lang dür ds Gjammer vo der Züsa übertöönt. Si macht es erbäärmlichs Gsicht u schnüpft vor schich hii: «Eh der Tag u ds Läbe. Wo söle wier imel ooch ds Gäält härnee, für daas alze z bsale?»

«Hm», macht der Kaschtlan mutz, «vo dert, wo

der's härgno heit, für das verbottene und gar nid öppe billige Chrut z beschaffe.»

«Eh myn Gott, myn Gott u Läbestrooscht», jammeret ds Froueli wyter. «D Süwleni chöne wer doch net beedi ewägg gee!» Der Lynewäber sitzt daa wie nes Hüüffeli Elend u siit mit düner Stimm: «Jitz hiist's halt wäben u wäbe. Vom Morge bis am Aabe wäbe, u vom Aabe bis am...»

«Herr Chaschtlan!» rüeft di Züsa. «Das giit net! Das gstuendi Tratt niemalen uus! Da giengi är mer zgrund!» Si erwaartet en Underschtützig vom Mandli u zwitscheret: «Süscht gäll Bäärchtli, du giengischt druuf.»

«Ich will mer gwüss ali Müei gee...»

«Du bischt e Ggali», ferrt ne ds Froueli aa.

«... ich will gwüss Tag u Nacht wäbe u Gäält verdiene, bis där grüselich, grüselich Schuldebäärg abtraagena ischt.»

«Aber wäge dessi ischt di Puess glych z hööji», räägget di Züsa. «Herr Chaschtlan, Ier trybet üüs wäge dem bitzeli Tubak i ds elendischt Elend!»

«A daas hättet der halt äbe vorhär sölle dänke!» git der Herport zrugg. «Dir heit ja gwüsst, dass ds Tabake verbotten isch und bestraft wirt. Oder?» Er gugget di beede streng aa un erwaartet en Antwort.

Wil di Züsa nüt erwideret, mues jitz ds Mandli wohl oder übel Bschiid gee. Ohni ufzgugge, brümelet's: «Ja, Herr Chaschtlan.»

«Also», siit der Herport churz aabbunde, «Dir heit das Mandat wüssentlech missachtet und müesst jetz d Folge traage. Punktum. – D Verhandlung isch gschlosse. Dir chönnet gah.»

Ds Lynewäbersch hii müessen ygsee, dass' jitz Schluss ischt mit Ufbegäre, u dass d Puessi voll u ganz müessen ufbraacht wärde. Si sy langsam ufgstande u chummervoll abtäselet. Under der Gangtür het di Züsa zrugg ggugget u nuch enöjis welen ywende. Aber ds Mandli het sa usigschobe u di Tür hinder schich zueta.

Der Kaschtlan het tüüf ufgschnufet, d Aggsli gstreckt u gwichtig gsiit: «Donner und Doria, isch daas en uverschanti Trucke.»

«Jaja», hiin ihm d Richter bypflichtet. Aber si sygi trotz alem e Wärchtüüfel, het der Dorfschmiid grächterwys bygfüegt. Der Predikant ischt bekümmereta daagsässe, het vorahiggugget u ettüüschta gsiit, är hiigi sa syt Jahre ging u ging umhi zum Gueten ermahnet. Aber alz Wohlmiine u Zuerede hiigi nüt abtraage. Der herter gschalet Kaschtlan het d Nidergschlagehiit vom Seelsorger net chöne begryfe u het ihm wohlmiinig vorghäbe, är söli daas net eso schweer nee. Es gäbi halt äbe ging wider Lüt, wo mu net mit Güeti chöni erzie. – Der Predikant ischt anderer Miinig, aber er wott dem Kaschtlan net widerrede u schwügt. De ferrt der Herport – us der Sicht vo syne Erfahrigi als ehemaliga Truppekomandant – mit voller

Überzügig wyter: «Die Sorte bringt me nume mit em altteschtamäntleche Grundsatz ‹Auge um Auge, Zahn um Zahn› zur Vernunft.»

Der Seelsorger gugget uuf, schüttlet bedäächtig der Chopf u git dem aalte Houdäge höflich z verstaa: «Das vertreit sech aber mit üser chrischtliche Lehr nid, Herr Kaschtlan.»

«I weiss', i weiss'», lächlet der Herport. «Aber Dir heit ja sälber müesse zuegä, dass Der bi dere Giftsprütze nüt erreichet.»

«Ja, leider.»

«Äbe. Darum mues me re d Höll einisch uf enen anderi Gattig heiss mache.»

«Zum Byspiil –?» wetti der Buggs gwunderiga wüsse.

Der Kaschtlan lehnt sich zrugg, gugget a d Welbi uehi u siit langsam: «Anstatt strychle, einisch brav i ds Hindere zwacke.»

«Hehehe – jajajaa – grad eso!» lachet der Buggs übermüetiga.

«I meines zwar nid grad wörtlech eso», bremset der Herport.

Der Predikant het d Stirne grunzlet u siit fascht echli vorwursvoll: «Eso oder eso, aber i cha daas nid, Herr Kaschtlan.»

«C'est compréhensible, Herr Predikant», erwideret der Herport verstendnisvoll. «Das schickt sech für Euch nid.» Er lehnt sich umhi zrugg u verchündet mit emene schwache Chopfnicke: «Darum wirden ig di Prozeduur bi nächschter Glägeheit grad sälber dürefüere.»

Der Dorfschuelmiischter schiesst begiischtereta uuf, rybt d Hend u fraagt ganz zabliga: «Sol ich ne nahispringe u si nuch iinisch härebeordere?»

«Nenenenei», winkt der Kaschtlan ab. «Für hütt wei mer's la guet sy. Si hei momentan a ihrer Buess gnueg z worggle.»

«Allerdings», nickt der Jaggi mit emene schreege Blick gäge Buggs.

Der Herport richtet sich uuf u siit zum Predikant: «Jetz isch dänk niemer meh dusse.»

«Nei, Herr Kaschtlan. Mer sy fertig für hütt», git ihm där zur Antwort.

«I däm Fall chönne mer der Grichtstag schliesse», verchündet der Herport u redt ab alem Ufstaa wyter: «und is ändtlech echly Bewegung verschaffe.» Er streckt der Rügg u d Arme u pyschtet: «Das länge Stillsitze macht eim ganz gsperrig.»

«Es ischt eso», pflichtet ihm der Jaggi by u stiit äbefalls uuf.

«I sitze lieber zwo Stund im Sattel als eini i mene Stuel», siit der Herport. Er nimt der Richterstab vom Tisch u verschwindet i Begliitig vom Jaggi im Nebestübli.

Der Predikant het ds Sünderegischter für di neechschte vier Wuchi zuetaa u rumt synner Schrybsache zeme. Der Ufpasser Bratschi setzt sy suntäglich Dreispitzhuet uuf u wott sich verabschide. Aber der Tritte het ihm aaghäbe, nuch e Moment z waarte, si chöme de ooch grad. U der Predikant het ne früntlich i ds Pfruendhuus zum üebbliche Trunk yglade. Der Buggs het di Yladig sofort understützt u plagiert, wie daas albe gmüetlich u churzwylig sygi. «U derzue bischt i beschter Gsellschaft», het er bygfüegt un ischt hinder em Predikant u dem Tritte haar i ds Nebestübli gstolziert, für sy Richtermantel u Däge äbefalls z versorge.

Der Bratschi ischt plötzlich inzig i der Grichtsstube gstande un ischt sich fascht echli verloore vorcho. Er het net rächt gwüsst, wie äärisch di Yladig gmiinti ischt u wiis net, was er jitze soll. Er ghöört ja net zum Chorgricht. Aber zum Verschwinde het er schich net derfüürghäbe. Es weeri gägenüber em Predikant uhöflich. Also ischt er bi der Fenschterwand umhi uf e Stuel gsässe, het geduldig gwaartet un alz wytera dem Schicksaal überlaasse.

Das het net lang uf sich la waarte. Echli speeter ischt d Gangtür es Speelti briit uftaa worde u di Züsa het der Chopf inhagstreckt. Si het desumhaggugget u schier ettüüschti zum Ufpasser ghässelet: «Si sy doch net oppa scho ggange?»

«Wäär?»

«E da di Halbheilige. Wo sy si?»

«Da enet am Abgschire. Wärum?»

«Giit dich e Dräck aa», het di Züsa ggiftet un ischt verschwunde. Churz druuf het si ds Mandli vor schich haar i d Stube gschobe u het der Gangtür mit em Schue hindertsich e Mupf ggee, dass si zuegfloge un i d Bschlüssig gsprunge ischt. Beedi hii sich bi der Tür ufgstellt, u di Züsa het dem Mandli verchündet: «So, da waarte wer, bis si chöme.»

«Ja», erwideret der Lynewäber tuuch u gwüss echli widerwilig.

«U de siischt nes!»

«Mhm.»

«Mit schööne Worte laasse wer nus dasmaal de net abfertige. Verstande?»

«Nii – oder wohl, i ha's verstande.»

«Henusode», het di Züsa gsuret. Briitspuurig het si sich bi der Tür ufgstellt, het d Ärmleni i d Hüft gstützt u d Stüblitür kii Moment us den Uuge glaasse. Bäärchtli het mee oder minder d Stelig vom strytbare Froueli aagno u ghulfe waarte.

«Wie di aalten Eidgenosse», het der Ufpasser ab dem chriegerische Lynewäber-Ufmarsch lächeriga gsinet. Un er het sich net chöne überhaa z fraage, was si imel ooch Grüselichs im Sinn hiige.

«Wier sy dier ekii Erkläärig schuldig», hässelet ds Froueli, ohni vo der Tür ewäggzgugge. De schnellt's der Chopf plötzlich gägen Ufpasser u chäderet: «Un überhuuts, was machischt de duu nuch hie ina?»

«Ha grad uf ööch gwaartet», git Bratschi troche zrugg.

«Hm, uf üüs», schnöödet di Züsa u giftet: «Teech oppa uf e Judaslohn! Gäll!»

Der Ufpasser macht di Pfüüscht, stiit langsam uuf, gugget ds Froueli böösjenisch aa u presst zwüsche de Zende fürha: «Bis froh, das du nes Wybervolch bischt. Süscht ehe ... Aber ich bsie dich de scho nuch iinischt.»

«Bhüetis, das cha nu lang gaa.»

«Wär wiis.»

I dem Moment chunt der Kaschtlan us em Nebestübli. Er gseht ds Lynewäbersch u fraagt ganz verwundereta: «Jää, syt Dir gäng no daa?!»

Der ufgschücht Lynewäber macht tifig eso öppis wie ne Verböigig. De brümelet er: «Jaa – äbe – Herr Chaschtlan.»

«Soso», macht der Herport, «weit Der öppe scho ne Aazahlung mache?»

Das ischt für di Züsa zviil uf ds Mal. Aafe ischt era mit em Bücklig vom Mandli der Schlachtplan dürenanderegraate. U jitz nuch e süttigi Zuemuetig! Ufbraachti hässelet si gäge Kaschtlan: «Was miinet Ier ooch? Üüsereniim cha ds Gäält net numen eso us em Bode fürhastampfe! oder ab de Büümen abläse! Wier müesse jedes Chrüzerli zeerscht suur verdiene, bevor wersch...»

«Jajaa», underbricht sa der Herport, «i weiss, i weiss. Aber was weit Der de no hie inne?»

Di Züsa het dem Mandli es Müpfi ggee. Där mangleti jitz sy Strytreed looszlaasse. Aber si wott ihm net rächt vo der Zunge, un es flüderet ihm umhi ds Chini. «Herr Chaschtlan», faat er aa, «wier beedi – ds Züseli un ich – wier sy gwüss, gwüss net oppa utaani oder schlächti Lüt. – Därum – eh – jaa – därum möchte wier di hochwohllöblichi Ehrbarkiit undertäänigscht ersueche – üüs di Puess für dasmaal z erlaasse.»

«Waas?!» rüeft der Buggs, wo mit em Tritte zur Stüblistür usacho ischt.

Der Lynewäber würft dem Buggs e churza Blick zue. De ferrt er tifig gägem Kaschtlan wyter: «Oder doch wenigschtens um d Helfti ahizsetze! Wier bringe das Gäält süscht net uuf un aa!»

Der Buggs chunt zvolme i d Stube, winkt mit der Hand energisch ab u schwadroniert: «Nüt da! Ä'ä. Ier syt beedi wüssetlich nebenusi trappet u das mues voll u ganz bbüest wärde! Punktum! Ornig mues sy! Süscht gäbe wer d Giislen us der Hand!»

Das ischt böösa Bschiid. Aber der Lynewäber tarf net ufgee. Er mues wyterstrytte, wien ihm ds Froueli befole het. Er schlückt es parmal leer u weeberet: «Es blybt nus nebscht dem Hohn u Gspött u nebscht der kabutte Tür mit der halbe Puess ging nuch füür u füür gnueg z bsale.»

Sys Chlööne het nüt abtraage.

«Ich bi äbefalls für di voli Straf», siit der Tritte hert. «Wier sy net da, für imene süttige Fall Gnaad la z walte oder mit nus la z merte!»

Der Lynewäber gugget elenda zum Kaschtlan u hoffet, bi dem mee Verstendnis z finde. Aber där schüttlet der Chopf u siit: «Es isch eso. Mer chönne und dörfe nech nüt ablaa.»

Jitz ischt di erboosti Züsa zum Aagriff überggange. Si schuenet vor e Kaschtlan u räägget ihm i ds Gsicht: «Soo? ... nüt ablaa! U Bäärchtli soll sich kabuttmache! He! Äär, wo doch aafe sövel schwacha u chrenklicha ischt!»

Dem Herport chunt das fräch Wybervolch jitz doch uf ds Gäder. Er fraagt äbeso lut un ulydig: «Warum isch er chrank und schwächlech?»

«He, gwüss wägem z böös ha! Vo waas süscht?» tschäderet ds Froueli.

«Nenenenei. Es isch nid daas. Vom Schaffe isch no niemer chrank worde», bhertet der Kaschtlan u wiis plötzlich, wien er där Trucke cha bycho u ra d Höll hiissi mache. Er gugget sa streng aa u ferrt betoont wyter: «Das chunt vom Tabake! – und vo nüt anderem.»

«Ja jitz o nuch», höönt di Züsa. Aber si ischt doch verusichereti.

«Jawohl, vom Tabake», picklet der Herport wyter.

Ds Froueli wärwiiset. Es ischt lengerschi usicherersch u gugget der Kaschtlan leng aa.

«Jajaa, es isch eso», nickt ihm der Herport zue. «Und zwar isch nid nume Eue Maa chränklech. Ou Dir syt bereits aagsteckt!»

Di Züsa macht groossi erchlüpfti Uuge u schnufet tifiger.

Ds Mandli gugget uuf u chniepet: «Das cha doch net vom Tubake cho.»

«So? Niid? – Vo waas süsch?» pariert der Kaschtlan ulydiga.

Der Lynewäber wiis aber nüt andersch als d Aggsli z schüttle u d Mulegge la z hange.

«Also!» macht der Herport rächthaberisch. Er cheert sich der Züsa zue, muschteret e Zytlang ihres Gsicht, dernaa daas vom Mandli. Na mene Schutzeli gugget er z Bode, tuet derglyche, wie wenn er öppis Schützlichs gsee hetti u siit i chummervolem Ton: «Dir traaget wääger scho beidi di untrüegliche Zeiche vo der schlychende Tabakpescht uf der Stirne.»

«He?» macht der Lynewäber etsetzt.

Ds Froueli het plötzlich umhi Zwyfel u siit mit emene erzwungene düne Lächle: «Ier wiit üüs öppis aagee, Herr Chaschtlan, für nus Angscht yzjage.»

«So überzüget ech doch sälber!» drenglet der Kaschtlan. «Lueget enand guet aa!»

Ds Lynewäbersch treeije d Chöpf langsam zunenandere, u beedi gseen es magersch, verengschtigets un erchlüpfts Gsicht.

Der Kaschtlan stichlet wyter: «Gseht der, wie dir

scho ganz abgmageret und dürr syt. Das chunt vom Tabakisiere!»

Ds Mandli strycht mit zitteriger Hand über synner schmale Backi. Es flüderet ihm umhi ds Chini. U di Züsa schnufet lut, i ganz churze Züüge. Si het Schwiiströpf uf der Stirne.

Der Herport redt wyter uf di Etriiseten y: «Dir möget nümm ässe wie früecher, wil eui Mäge langsam ydore! – Dir chönnet beidi scho syt es par Nächt nümme rächt schlafe und heit schwäri Angschttröim! – Stimmt's – oder stimmt's nid?»

«Jaa», huchet ds Mandli.

«Mhm, jaja, begryflech», nickt der Herport. «Das tüüflische Chrut het eues Bluet scho ganz vergiftet! Dir überchömet vo Zyt zu Zyt starchs Härzchlopfe, Schweis uf der Stirne, und schwachi Bei!»

Ds Froueli wüscht mit em Ermel der Schwiis ab der Stirne; ds Mandli schlückt leer; u der Kaschtlan ferrt wyter: «Das heimtückische Tabakgift lähmt bereits eui Hirni. Darum syt der so müed und matt und hohl und vergässlech, heit Absänze und möget ech a nütme rächt bsinne.»

Der Lynewäber gugget stober dry, er laat d Mulegge hange, betrachtet der Kaschtlan u nickt müed.

«Zeiget mer einisch euer Müler», befilt der Herport. Di Verengschtigete hii dem Kaschtlan fölgig di offene Müler daar. Där giit zum Lynewäber u gugget ihm i Rache. Na mene Schutzeli bricht er d Undersuechig ab u brümelet vor schich hii: «Es isch no vil schlimmer als i vermuetet ha.» De giit er zum erschmijete Froueli, muschteret dem sys Mull, macht ab u zue «mhm – mhm» u befilt: «No meh uftue!» Di Züsa sperrt ds Mull nu wyter uuf, der Herport ergryft sa bim Chini, gugget i Rache hinderhi, verschiebt era der Chopf i ne besseri Laag un undersuecht nu grüntlicher. De richtet er schich sorgevoll uuf, liit dem Froueli d Hand uf d Aggsle u siit: «Armi Frou – sitzet e Momänt ab.»

Di Züsa setzt sich elendi uf en Aachlagebank. Si ischt velig erledigeti. Ds Mandli gugget in iim Schrecke vom Froueli zum Kaschtlan u bringt ekiis Wort fürha.

«Jaja», nickt der Herport, «es steit böös mit ech, bodebodeböös. Dir syt beidi vo däm tüüflische Chrut scho ganz bsässe und vergiftet. No zwöi, drüü Pfyffli oder zwee, drei Schigge, de isch es fertig, mit beide.»

«Ooh, ooh», weeberet der Lynewäber u setzt sich ganz naa zum zemeghuurete Froueli. Das liit der Chopf a d Aggsle vom Mandli u faat aa gryne.

«Jaja, das tüüflische Chrut», siit der Kaschtlan gwichtig un ischt überzügt, dass er di beede kuriert het. Er chönti si jitz hiimeschicke. Aber si müesse sich vorhäär nuch echli chöne bchyme. Für öppis Erfreulichersch z gsee un uf ander Gedanke z cho, laat er vo ds Lynewäbersch ab, stiflet zum offene Fenschter, tuet e tüüffa Schnuuf u gugget i sunige Summertag usi.

Synner Blicka wandere langsam über di hübschi Hüserreije am schmale Dorfsträässi. Kii Mentsch ischt underwäge. Vor der Chremery sitze zwee aalt Mana uf emene Benkli u gspräächle zeme, zwee aalt Lengger, won uf ihri Gattig der still Suntigvormitaag gniesse. D Sune stiit scho rächt hööji über em Tal. D Schätte sy chürzer worde, un es ischt hiiss. Ds Dörfi, d Fälder u d Bärga zsringsetum dööse fridlich vor schich hii. Kiis Wölki am Himel.

«Heuerwätter», sinet der Herport, «äntlech Heuerwätter.» Er mues dä Namitaag derfür sorge, dass morn am Morge bezyte mit em Heue vo der Schlossmatte aagfange würt. Eso het er schich in ander Gedanke verloore – i Gedanke, wo sich um en Alltaag, um d Schloss- u Domäneverwaltig treeit hii.

Der Herport het net chöne wüsse, dass sich der Ufpasser enöjis usgsinet het, für mit der Züsa wägen ihrer Tubak-Spöijery un em Judas-Schlemperlig o nu grad abzrächne. Di Glägehiit hetti ja gar net besser chöne sy! Er ischt zum übel zuegrichtete Froueli glüffe u het schuderhaft früntlicha verchündet: «Jitz git's nume nuch iis, für nuch umhi uf d Bii z hälfe.»

Der Lynewäber gugget elenda uuf u fraagt mit schwacher Stimm: «Waas?»

«– Dürhiputze.»

Der Dorfschuelmiischter chreeit begiischtereta: «Jawoll, dürhiputze! Das Gift u der Dräck usijage, bis nütme i nuch ischt!»

Schläppelis schwüge vor schich hii u tüe kii Wank.

Der Ufpasser süslet vorsichtig: «Der Chreemer Senfte verchuuft es usgeziichnets Traach. Das hulfi sicher.»

«Das ischt guet!» rüemt der Buggs. «Ich bchene's u ha ging e Guttere dervo im Stall.»

Der Lynewäber het der Chopf umhi echli uuf u chürchlet: «Das ischt – doch – für ds Vee.»

«Das scho», git der Bratschi zue, «aber d Lüt chöne's ooch triihe! Es rumooret echli. Aber es putzt zünftig u macht prav z schwitze.»

Der Kaschtlan het ufglost u vernimt, was di beede dene verengschtigete Züttle für nes Gsüff ufschwetze. Es ischt ihm net rächt. Aber was soll er? Er ischt ja o net ganz uschuldig u het sich jitz net derfüür yzschritte. Also laat er der Sach der Luuf u ghöört, wie der Buggs uf si yredt:

«Ier törft jitz net wunderlich tue! Wen ier das Züg net triihet, so ghööret ier im Herbscht ds Vee netme ab de Bärge cho.»

Di Züsa het d Uuge wyt ufgschrisse, het i d Wyti gstaret un es Gsicht gmacht wie we si wiis net waas gsuchi. Langewägg het si ekiis Wort fürhabbraacht. De schlaat si d Hend vor ds Gsicht u wijenet: «I wott net – stäärbe – i wott net – oooh ...» Di wytere Wort gange im Gryne under. Bäärchtli nebezuehi ergiit's nüt besser. Er schlotteret u schnüpft u pyschtet u schlückt. De rybt er mit em Ermel über di nasse Uuge u gugget hilfloos zum Ufpasser uehi, wie we där ne vilicht doch nuch chönti hälfe.

Där het sy Blick verstande u siit kameradschaftlich: «Riich e Guttere voli. Fanget hütt z Mitaag mit emene Chacheli aa u neet zwee, dry Tag lang soviil er verlydet!»

Bäärchtli studiert a där Rosskuur desumha; er wiigget ds Huut un ischt nu net schlüssiga.

«We daas net hilft, su hilft nuch wääger nütme!» drenglet Buggs schier ungeduldiga.

Der Lynewäber überliit hiin u haar. De tuet er e tüüffa Schnuuf, gugget uuf u siit: «Wen ier miinet, das chönti nus umhi uf d Bii hälfe – su wii wer probiere.»

«Guet! Machet daas», ermunteret ne der Ufpasser. «Chuuf im Verbygang bim Senften e Guttere u faat dahiime sofort aa! Je eender, deschto besser!»

Bäärchtli gugget zum Züseli. Das nickt schwach. De bröösmet er fürha, är müessi zeerscht hiime ga Gäält riiche. U de wele si das Züg i Gotts liebe Naamen ynee.

«Das ischt ds Beschta, wonn er chönet!» versicheret ihm der Buggs.

«Aber übertrybets nid!» rüeft der Kaschtlan vom Fenschter haar. De chunt er zu ds Lynewäbersch u scherft ne y: «D Frou söll nach dere Düreputzete rächt guet choche, dass der bald ume zu Chrefte chömet. Lueget guet zunenand und tüet ja nid öppe zäme zangge! Süsch chunt's lätz use; das vertraagen eui dür und dür versüüchete Körper nid.» De siit er gäge di Züsa: «Der Chyb und ds Gifte wirke nach der düregmachte Tabakpescht sofort tödlech! En allereinzige bööse Gedanke! – und de liget Der allsolängi am Bode und standet nümme uuf! Gloubet mer daas und richtet nech dernaa!»

Di beede hii dem Herport stumm zuegnickt.

«Guet. De chönnet dir jetz gah.»

Der Lynewäber het sym chraftloose Froueli gholfen ufstaa. U du sy si uf schwache Biine zur Stuben usigschlaarpet.

Sobald di beeden im Gang ussna verschwunde sy, het Buggs der Ufpasser am Arm packt u siit voller Schadefrüüd: «Chumm! Wier wii ga gschoue, wie si dür ds Dörfi waggele.»

«Yverstande», lachet Bratschi. «U de gaa wer nu grad der Chreemer Senfte ga underrichte.»

«So?» macht der Herport u runzlet d Stirne. Was es de da nuch z underrichte gäbi, wott er wüsse.

«... dass si de bi ihm es Traach chöme cho chuuffe», lachet der Buggs. Scho halb im Gang ussna, rüeft er zrugg: «Wier chöme de echli speeter i ds Pfruendhuus!» Dermit sy di beede verschwunde.

Der Kaschtlan het ulydig der Chopf gschüttlet un ischt i ds Nebestübli gstiflet, wo der Predikant, der Jaggi u der Tritte öppis Chirchlichs z bespräche hii ghäbe u jitz uf ihn u di andere waarte. Wohl oder übel het er ne müesse prichte, was sich nachträglich i der

Grichtsstube abgspilt het: Wien är Schläppis nuch kapitlet hiigi; was drufahi der Buggs u der Ufpasser dene beede für nes übels Traach ufgschwetzt hiige; dass si jitz nuch dem Chreemer syge ga Instruktioni ertiile u derdürtwile echli speeter i ds Pfruendhuus chöme. Är findi, di ganzi Sach gangi z wyt. Di andere sy glycher Miinig gsi u hiin ihm voll u ganz bypflichtet. Ohni wyteri Wort über dä widerlich Striich z verliere, sy si ufbbroche u dür ds Dorfsträässi, a de par Hüsere verby, dem Pfruendhuus zue glüffe. Es ischt es chlys, würdevolls Züügli gsi: Voruus der stattlich Herr Kaschtlan, nebet ihm der schöngiischtig, pflichtbewusst Herr Predikant mit em Chorgrichtsmanual under em Arm; hinder ihne di beede ehrwürdige Here Dorfrichter Jaggi u Tritte.

Oben im Dörfi ischt das fyrlich Züügli, a der Chilche verby, bim Pfruendhuus aacho. Der Predikant het di Here höflich zur schwere, mit emene schmiidysige Türchlopfer usgrüschtete Hustür i ds Huus komplimentiert. Di jungi Frou Predikant ischt in ihrem schwarze Suntiggwand u mene wysse Hübeli uf em Chopf im Gang erschine u het d Gescht iina nam andere liebenswürdig begrüesst. Dernaa het si der Bsuech dür e Gang hinderhi gfüert, het di Tür zur Studierstuben uftaa u dem Herr Kaschtlan ehrerbietig der Vortritt wele gee. Aber där het galant abgwunke. «Neneneneei, Frou Predikant! Nach Euch, bitte», het er früntlich glächlet. Di hübschi Predikantefrou mit ihrem gmüetvole Wäse un ihrer Häärzlichkiit gfallt ihm, un es freut ne jedesmal, wenn er scha z gsee überchunt.

Si het d Gescht i di holzvertäfeleti, hübsch ygrichteti Stube gfüert u het si am wärschafte, mit säggs Stabäli umstellte Tisch ghiisse Platz z nee, der Kaschtlan oben am Tisch, u di andere, wien es sich grad eso ergit, a de beede Lengssyti.

Der Predikant het ds Chorgrichtsmanual in nere Schublade vo sym Schrybtisch versorget u ghöört der Kaschtlan verchünde:

«Wie gseit, i darf mi leider nid lang ufhalte. So gärn i albe nach em Chorgricht no nes Stündli by nech sitze – hütt mues i so bald als müglech z deruus.»

Ob er nu net Fyraabe hiigi, fraagt der Jaggi.

«Wie me's nimt», erwideret der Kaschtlan. «I mues mi no um di morndrigi Heuerei kümmere. Und zudäm het sech der Ratsherr von Erlach für e späätere Namittag im Schloss aagmäldet. Mer hei morn divärsi Besichtigunge und Besprächunge z erörtere.»

«Darf ig Ech e Gruess uftraage», fraagt der Predikant vom Schrybtisch uus.

«I will ihms gärn usrichte.»

«We Der weit so früntlech sy, Herr Kaschtlan», macht der Gaschtgäber ehrerbietig u giit mit ere leere Zinnchane zur Tür usi. D Predikanti stellt vier Zinnbächer uf e Tisch u fraagt, ob di andere Here net hiige wele mitcho.

Der Herport gugget sa wohlgfellig aa un erklärt: «Zwee chöme no. Di andere sy scho uf ihren Alpe und hei der wyt Wääg dahäre gschoche. Mer sy nume üsere füüf gsi.»

«... und heit allem aa viil Gjätt under der Houe gha, dass der so späät syt fertig worde», muetmaasset d Frou Predikant.

«Äbe ja», nickt der Herport gwichtig u chlagt i chummervolem Ton: «Mer hei hie immer viil z jätte. Es wachst bi euch halt äbe gaar viil und zääis Uchrut.»

D Predikanti het net gmerkt, dass sich der Herport es Gspässli erluubt. Si nimt's als obrigkiitlicha Vorwurf un erwideret: «Das stellt mym Maa und mir allerdings es schlächts Zügnis uus.»

«Gället», understrycht der Herport u betrachtet

stillvergnüegt di ettüüschti Frou. De lachet er über ds ganz Gsicht u siit fröölich: «Nenei, Frou Predikant! Spass à part! Es isch hie mit em Gjätt sicher nid schlimmer als a andernen Orte.»

D Predikanti lächlet dünn un erwideret: «Das isch e schwache Trooscht. Es wär mer lieber, we's besser wär.»

«Begryflech, Frou Predikant, begryflech. Aber Dir chönnet us de Lüt kener Ängel mache.»

«Nei, das nid. Aber se doch uf em rächte Wääg füere u se vor Fähltritte bewahre», siit d Predikanti u gugget zum Spruch, wo über der Gangtür i schööne gootische Buechstabe ufgmalen ischt. Der Herport kennt di Ermahnig. U doch list er unwillkürlich, was dert sinnigerwys stiit: ‹Wohl denen, die meine Wege bewahren›. De gugget er umhi d Frou aa u siit: «I gloube, Dir und Eue Maa tüet öji Ufgab sehr guet erfülle.»

«Mer tüe üses Müglechschte, Herr Kaschtlan», erwideret d Predikanti.

«I weiss', Frou Predikant. Und i wett es wär überall eso.»

D Predikanti het gschwüge. De siit der Jaggi mit ehrlicher Überzügig: «Sövel guet wie mit ööch ischt üüsi Chilchgmii scho lang netme verseeni gsi. U wier hoffen ali zeme, dass ier nu rächt, rächt lang by nus blybet u net plötzlich en anderi Pfruend überneet.»

Di jungi Frou gugget der aalt Maa mit emene frünttliche Lächlen aa un erwideret: «Mer dänke gar nid a ds Furtgaa, Herr Jaggi. Im Gägeteil, es tät is bitter leid, vo hie furt z müesse. – My Maa wird Ech ds glyche säge.»

«Über waas?» fraagt der Predikant, wo mit der gfüllte Wychane zur Tür inha cho ischt.

«Dass' is hie eso guet gfallt, und mer gar nid a nes Furtgaa dänke.»

«A nes Furtgaa de scho gar nid», lächlet der Seelsorger u ferrt bedäächtig wyter: «I danken em Herrgott all Tag für di Zyt, won ig hie mys Amt darf usüebe. Wo sy mer Ihm neecher als da obe i der liebleche u de wider eso wilde Bärgnatur? I wüsst wahrhaftig nid, wo mer Sy Gröössi tiefer chönnten empfinde u wo mer se besser chönnte verchünde als hie i dere Viilfalt. Darum tät's mer weh, vo hie furt z müesse.»

Der Jaggi nickt zfride vor schich hii.

«De isch ja alles i beschter Ornig», lächlet der Herport mit emene Blick uf das glücklich Predikanten-Ehepaar.

«I hoffe's, Herr Kaschtlan», lächlet der Predikant zrugg u faat aa, de Geschte vo sym guete Walliserwy yzschenke; er tuet's vo müglichscht wyt oben aha, dass' im vole Bächer uf em Wy e Stäärne git.

Zmitts i di Prozeduur drööne vier chreftig Schleeg vom Türchlopfer dür e Husgang. Der Predikant gugget churz uuf u siit: «Wosch du ga luege, Elisabeth.»

«Ja, gärn», erwideret sy Frou u giit a d Hustür ga Bschiid gee.

Der Kaschtlan nimt sy voll Bächer gniesserisch uuf u fraagt der Predikant, ob daas wider vo däm herrliche Tropfe sygi, wonn er ds letscht Mal ufgstellt hiigi.

«Jawohl, Herr Kaschtlan. Es isch vom glyche. Un er geit mer einschtwyle no nid uus», schmunzlet der Predikant.

«Es chunt dänk ou drufab, wele Söimer dass ds Fessli bbraacht het», siit der Herport.

«Ja», git der Jaggi zrugg. «Aber wier bchene di Purschen aafen u wüsse, weller mit halbustruuchene Lagelene hie aachöme.»

«Dänk scho», lächlet der Kaschtlan. «Aber solang das ungschribene Trinkrächt beschteit, cha me's de Wysöimer nid emal veraarge, we si der Durscht underwägs nid mit Rägewasser lösche.»

«Syt so früntlech», ghöört mu d Frou Predikant im Gang ussna säge. De chöme Buggs u Bratschi zur Tür inha u blybe en Uugeblick staa. Hinder ihne het d Predikanti di Tür vo usse zuezoge un ischt i d Chuchi verschwunde.

«Und...?» fraagt der Herport, «heit Der dä Lynewäbergalopp gseh?»

«Jawoll, Herr Kaschtlan», grinse di beede. De lafere u lache si dürenandere, dass mu mit em beschte

Wile nüt andersch verstiit als «Chreemer Senfte» u «Traach» u zletscht «tubake inschtwyle nütme».

«Soo? Si tabake einschtwyle nümme. – Das wei mer hoffe!» siit der Herport.

Der Predikant het zwee wyter Bächera gfüllt u di beede Nachzügler ghiisse Platz z nee. Di sy zuehigsässe, hii d Bächera ufgnoo un allne Gshundhiit bbotte. Der Dorfschuelmiischter ischt ufgstande u chreeit über e Tisch ewägg: «Gsunthiit der ganzen Ehrbarkiit! U dier ooch, Johannes!» Er nimt e tola Schluck, tröölt där im Mull umenandere, schlückt ne u rüemt: «Tonderwätter abenandere, där het's i sich! Hähä, mytüri wie ne Zwenzgjerigi am Mejemerit!» Aber er het der erhoffet Erfolg net ghäbe – es het niemer glachet un är ischt umhi abgsässe. Uf daas hii erzellt der Kaschtlan, dass z Zwüsime am letschte Merit in ere Schüür aber umhi sygi tanzet u wüescht ta worde.

«Scho wider?!» ergelschteret sich der Predikant.

«Ja, äbe», nickt der Herport. «Vor vierzä Tage isch di ganzi fählbari Jungmannschaft vor Chorgricht gsi. Me het se wüescht bim Tschuppe gno: Der Gyger, wo ufgspilt het, drei Chrone, und jedes vo de zwölf Bursche und Meitschi ei Chrone.»

«Hähähä», lachet der Buggs, «das ischt es tüürsch Ringel-Reijeli gsi.»

«Gscheet ne ganz rächt», würft der Jaggi y. «We si

net wüsse, wie usittlich dass si sich wii benee, su müesse si's halt etgäälte.»

«Jawohl, genau eso wie di Tabäkler und alli anderi», understrycht der Kaschtlan u trinkt langsam, gniesserisch sy Bächer uus. Der Predikant stiit sofort uuf, nimt d Wychane zur Hand u fraagt höflich, ob er ihm nuch iinisch törfi yschenke. Aber der Herport winkt ab: «Nei danke! Es tuet's! Danke Herr Predikant! I mues jetz ryte.» Er stiit i syr ganze Gröössi uuf, ziet Schläppis Tubakpfyffe u der Tubak us sym Rocksack, liit beedes uf e Tisch u siit: «Da isch no di Lynewäber-Ruschtig. Herr Predikant, syt so guet und verbrönnet das Chrut! Und di Pipe lööt er wie üeblech im Bschüttloch verschwinde.»

«Jawohl, Herr Kaschtlan», nickt der Predikant.

«Schön», lächlet der Kaschtlan. «De wär wider eini vo dene verflixte Pfyffe uf üser Syte.»

«Umhi iini weniger», grinset der Buggs. Er gugget mit lischtigen Uuge schreeg zum Kaschtlan uehi u siit: «Aber es neemi mich ekiis Dingeli wunder, we net scho umhi zwo anderu...»

«I weiss, was Der weit säge», underbricht ne der Kaschtlan u redt gäge di ganzi Tischgsellschaft wyter: «Grad darum ermahnen ig ech no einisch a eui Pflicht! Lueget no besser i di versteckten Eggeli! Machet no meh unerwarteti Bsüech i verdächtige Stuben und Ställ! Sorget derfür, dass di Tabäkler nienemeh und zu ker Stund vor em Erwütsche sicher sy! – Numen eso chönne mer di Landplag usrotte.»

«Hmmm», zwyflet der Buggs, «usrotte?! Ich wiis's enoua net. Der Gluscht, Herr Kaschtlan! Der Gluscht ischt bi vile stercher als d Angscht vor üüse Straaffi!»

Der Herport het nüt erwideret. Der Jaggi u der Tritte hii zueversichtlich ygwendet, dass Schläppelis Denkzedel mengem e Waarnig wärdi sy.

«Hoffentlech», siit der Kaschtlan. Er git sich e Ruck. «Henu, mer wärde ds nächschte Mal gseh, was mer dä Vormittag usgrichtet hei. – Also, i säge no einisch schöne Dank, Herr Predikant, und uf Widerluege ihr Here, i vierne Wuche.» Sy Gruess ischt respäktvoll erwideret worde. Underdesse ischt der Predikant di Tür ga uftue u het der hööi Gascht höflich dür e Gang bis vor ds Huus usi gfüert.

Di Zruggblibene syn es Schutzeli still daagsässe. De het der Buggs lächeriga u voller Schadefrüüd verchündet, der Chreemer Senfte weli für ds Schläppelis e bsundersch starcha Liebestraach zwäägmache.

«Waas?» fraagt der Dorfschmiid verergereta über di Booshiit.

«Jawoll», lächlet der Buggs, «är wott ne es Gsüff rüschte, wo si scho nach ere Stund über all Wend uehijagt!»

Der Jaggi schlaat mit der Pfuuscht uf e Tisch. «So?» brüelet er uwirsch. «Es tuucht mich, si syge mit ihrer Puess hert gnueg gstraafti! Scho ds gwöönlich Chuetraach ischt über ds Mees ggange! U jitze soll di Brüeji nuch stercher gmacht wärde!» Er stiit verergereta uuf, giit gägem Fenschter u siit puckt: «Das gfallt mer nüt.»

«Mier imel wohl», grinset der Buggs. «Der Züsa ghöört iinischt es Pflaschter! U zwar iis, wo si net so bald vergisst!»

«Aber ds Mandli mues ooch dervo triiche!» wätteret der Jaggi. «U schliesslich un am End hii di beede kinner Chuemege! We dii es Chacheli volls triiche, su überchöme si es Züg, dass si netme wüsse wie u wo were!»

«Haha», lachet der Buggs, «das soll ja grad eso sy!»

«Das miinscht du! Aber ich net», schnuwlet der Jaggi u cheert sich tuuba gäge ds Fénschter.

Der nüt minder ufbraacht Dorfschmiid lehnt sich über e Tisch, gugget vom Buggs zum Ufpasser, chlopfet mit em Ziigfinger uf ds Tischblatt u siit i scharfem Ton: «Stelet nuch iinischt vor, ier müesstet di Brüeji triiche.»

«Bhüet mich Gott dervor», raauet der Buggs aagwidereta u verwürft d Ärmleni. Der ander macht e schützlichi Grene u chniepet: «Utsch, säg nüt süttigs! Ich breechti ekii Schluck ahi.»

«U wenn er müesstet?! We nuch nüt andersch übrigblybt!» het ne der Tritte beharrlich eggäge u hoffet, dass si doch de nuch ygsee, was si ds Lynewäbersch für ne Tüüfely ufghalset hii.

Aber der Schuelmiischter ischt scho umhi obenuuf u grinset: «Hähä, ich mues das Züg zum Glück net suuffe!»

«Un ich o net!» lachet der Ufpasser.

Vo Ysicht ekii Spuur. Im Gägetiil, d Schadefrüüd ischt beede im Gsicht gstande. Der Buggs ergryft sy Bächer, het ne uuf u tüderlet: «Da ischt mer de däär scho lieber! Däär bhanget iim nüt im Gurgel! – Gsunthiit Johannes!» Si hii übermüetig aagstoosse u hii d Bächera gniesserisch Zuug um Zuug ustruuche.

Churz druuf chunt der Predikant zur Tür inha, schuenet gschäftig gägem Tisch u chummeret: «Dir sitzet gwüss scho bald uf em Trochene!»

Der missmuetig Jaggi cheert sich tifig gägem Gaschtgäber u siit: «Wier sollte nus ooch verabschide, Herr Predikant. Su hiit Ier o nuch öppis vo der Suntigrue.»

«Bhüetis, für daas isch mer der Namittag no länge gnue!» erwideret der Predikant. Er füllt d Bächera nahi u forderet der Jaggi uuf, doch nuch für nes Viertelstündi oder zwüü zuehizsitze. Di andere hii ne ooch zum Blyben aaghäbe; für hiimezgaa sygi's de ging nuch ali Zyt! het's ghiisse. Na churzem Wärwiise het sich der Jaggi umhi a Tisch gsetzt. Si hii enandere Gsunthiit bbotte u hii wyterhii vo dem süffige Wy truuhe. Aber ds Gsprääch het net rächt welen i Gang cho.

De siit der Tritten us sym Brüeten usa: «Der

Kaschtlan wott de Tubäklere vo jitzen aa ds Gurli zünftig fiegge.»

Der Predikant nimt der Fade sofort uuf un erwideret: «Ja, er wirt plötzlech sehr sträng gäg se. Un i begryfe daas.»

«Ich ooch», pflichtet ihm der Jaggi by.

Di andere hii vor schich hii gschwüge.

«Aber er isch trotzdäm immer u gäg alli gerächt», rüemt der Seelsorger.

«Yverschtande, voll u ganz yverschtande, Herr Predikant», schnederet der Buggs. «Aber ehmm –» er chunt i ds Stocke. De ferrt er echli usichera u weniger lut wyter: «Ich ha's i där Sach gwüss fascht echli wie der Lynewäber Schläppi.»

«Mit waas», wott der Jaggi wüsse.

«He, wägem Tubake! – We mu's eso betrachtet, su ischt daas gar nüt sövel Schlimms.»

Am Tisch het's verusichereti, misstrüwi u abwysendi Gsichter ggee. Kina het sich rächt truwet, zu där Sach hie offe Stelig z nee. Der Tritte rutscht uf syr Stabäle hin u haar u git es wärwiisigs «Hmmm?» vo sich.

De siit der Predikant vorsichtig: «Me meint, es schadi der Gsundheit.»

Na mene Schutzeli bröösmet der Tritte fürha: «Äbe – jaa –»

Un echli speeter stüret Bratschi es «Vilicht» by.

«Prezis – vilicht», tüderlet der Buggs. U de siit er lut u aagriffig: «Aber vilicht o net!»

«Uf all Fäll isch es brandgfehrlich!» bhertet der Jaggi mit emene strenge Blick gäge Buggs.

«Au wa», eryferet sich däär. «Es offes Cherzeliecht ischt doch vil brandgfehrlicher! U das verbietet iim imel o niemer! Oder?!

«Ja – scho», git Jaggi widerwilig zue.

«Aber äbe», brümelet der Tritte.

«Mhm –» nickt Bratschi.

Uf daas hii isch es es Momenti still. De siit der Buggs: «Uf all Fäll hii dii wo rüüken es grooses Plesier! Süscht mieche si's net ging u ging u ging umhi!»

«Jää», siit der Predikant, «der Rouch vo däm Chrut schmöckt halt verwänt guet!»

«Gälet», lachet der Buggs. «I ha ging gsiit: Es cha net vom Tüüfel sy, süscht stuuchi's.»

«Allwääg scho», grinset der Ufpasser.

«Dass' vom Tüüfel ischt, han ich nie gmiint», siit der Dorfschmiid. «Aber wo's iigetlich haarchunt, wiis ich imel net.»

«Ds Ursprungsgebiet isch Mittelamerika», erlütteret der besser bschuelet Predikant u prichtet läbhaft wyter: «Dert isch di grossbletterigi Pflanze scho syt uralte Zyte als Weirouchopfer für d Götter verbrönnt worde. Mit der Zyt, vilicht nach Jahrhunderte, hei d Prieschter e wohltuendi Würkig vo däm Rouch feschtgstellt! U me het aagfange, der Tabak als pärsönlechs Gnussmittel z rouke. Der Kolumbus het di Sitte – oder Unsitte – nach Europa bbrunge.»

Na där interessante Underwysig isch es e Moment still. D Richter u der Ufpasser sine dem verbottene Züg nahi u wüsse net rächt, wie wyt si sich uf d Escht usi törfe waage. Als erschta fraagt der Tritte, ob de das Chrut tatsächlich eso ne wundersami Würkig hiigi.

Der Predikant lächlet dünn. Er bewegt der Chopf hin u haar u ziet's vor, kii Antwort z gee.

«Natürlich het's!» posunet der Buggs a Stell vom Predikant. Er ziigt gäge Schläppis Tubak uf em Tisch u siit gönnerhaft: «Schmeck doch iinischt e Hampfele voli!»

Der Tritte wiis net rächt was er soll u gugget uschlüssiga zum Herr Predikant. Där ermunteret ne mit emene fyne Lächle u siit: «Ds Schmöcke isch nid verbotte.»

Uf daas hii nimt der Tritte d Suwplaatere mit em Tubak zaghaft a sich, tuet sa langsam uuf, steckt vorsichtig d Nase dry u schnupperet a dem verbottene Chrut. De siit er hübschelich: «Das schmeckt merkwürdig», er nimt umhi es par Nasi volu, gugget uuf u verchündet begiischtereta: «... aber guet!»

«Gället», lächlet der Predikant.

Der Buggs ischt fynechli im Chut u siit wichtiga zum Ufpasser: «Woscht ooch iinischt schmecke, Johannes?»

Scho schiebt ihm der Tritte d Suwplaatere zue u lachet vergnüegta: «Es ischt sich derwäärt!»

Der Ufpasser ergryft der offe Tubakseckel u het ne

vorsichtig mit beede Hende under d Nase. Er schmeckt u schmeckt u chüschelet derzue: «Es het de scho öppis Iigenartigs.» De gugget er langsam uuf u lächlet: «... fascht öppis Verfüererisches!»

D Richter hii enandere es Schutzeli usicher aaggugget. Si wüsse genau, dass si öppis tüe, wo si net söllte. Aber da ischt halt äbe d Versuechig, ischt der Gwunder u der Gluscht, wo über schi chöme u langsam Oberhand nee. De tüderlet der Buggs: «Für dä Wohlgruch eso rächt chöne z gniesse, mangleti mu echli vo dem Chrut z verbrene!»

«Ich bi dergäge!» wert der Jaggi ab.

Aber der Buggs laat sich net abhaa u fraagt, ob iina Aazüntiruschtig by sich hiigi. Der Tritte schüttlet der Chopf u siit, e Füürstii hetti er, aber ekii Schwumm. Di andere hii nüt dergattig ghäbe u mu ischt bedurlicherwys glychwyt gsi wie vorhäär.

Der Predikant wüssti schon e Loösig. Aber är wärwiiset hin u haar, ob er zu dem gwaagte Vergnüege soll Hand biete – oder vernünftig sy u schwüge. Er liebüüglet mit Schläppelis Tubak, wüscht synner Bedenke churzerhand under e Tisch u siit verschmitzt: «I gange schnäll i d Chuchi ga Füür hole!» Scho stiit er uuf, ergryft der Cherzestock u schuenet dermit zur Gangtür usi.

Der Jaggi cha di süscht eso vernünftige, ehrbare Mana net begryfe u bugeret: «Ich gluuben es wee gschyder, wier liesse süttigs sy.»

«Wärum?» het ihm der Tritten eggäge. «Wier wii di Glägehiit doch iinischt benütze, we si sich grad eso gäbig bietet.»

«Teech wohl», chreeit der Buggs. Er het Schläppis Pfyffe samt em Tubak a sich zoge u prichtelet ab alem Yfüle: «Mu mues heue, solang d Sune schynt. Das ischt en aalti Wyshiit u si het sich nu ging bewährt.»

«... syt Jahrhunderte», rühelet der Ufpasser.

Der Jaggi gugget tuuba dry u fraagt ulydiga: «Hiit er de nu nie Ruuch gschmeckt, wenn er iina bim Tubaken erwütscht hiit?»

«Dend het mu füüraa andersch z tue als mit der Nasen i der Luft desumhazfahre», git ihm der Ufpasser lächeriga zrugg. Der Jaggi het nüt erwideret. U der Tritte fraagt ne, ob er Angscht hiigi.

«E Höseler bin ich nie gsi! Das wüsset er», siit der Jaggi puckt. «Aber es schickt sich net!»

«Äbe grad wohl schickt sich daas! Äbe grad wohl!» widerredt ihm der Dorfschuelmiischter ab alem Pfyffestopfe. «Wier müesse doch schliesslich un am End iinischt am iigete Lyb erfahre, was daas ischt, wo wer ging u ging umhi verurtiile. – So, ds Pyffli ischt parat. Wela wott's?»

I dem Moment chunt der Predikant mit der brünige Cherze zur Tür inha u lächlet zfride: «Es isch guet ggange. D Frou isch nid emal ir Chuchi gsi.» Er stellt der Cherzestock zmitts uf e Tisch u setzt sich umhi a sy Platz.

«Passet uuf, Mana!» siit der Jaggi ydringlich. «Es chönti lätz usacho!»

«Aber Herr Jaggi! Mer sy hie ganz under üüs! U hei nüt z förchte!» git ihm der Predikant früntlich zur Antwort.

«Wela wott?» fraagt der Buggs nuch umhi u het di Pfyffe frygäbig über e Tisch y.

Der Tritte schüttlet der Chopf. Är weli net der Aafang mache.

«Ich lieber o net», wert der Ufpasser ab.

«E'e'e, ier syt jitz o Gägeler», spöttlet der Buggs. «Ier welltet scho! Aber ier törft net!»

«Su nimm sa doch duu!» schlaat ihm der Tritte voor.

«Enusode, wen ier scha net wiit, wil ich dä Wohlgnuss eröffne. Aber es söli de niemer öppis ga prichte!»

Da bruchi är wääger ekii Angscht z haa, versicheret ihm der Tritte.

«Du o net, Peter.»

«Vo mier hiit er nüt z fürchte», brummlet der Jaggi. «Aber es chönti nus öpper andersch druberycho!»

«Hie im Pfruendhuus?» lachet der Dorfschmiid, «i der Studierstube?! – Wär wellti nus da scho erwütsche?»

«... sy sicherer als i Abrahams Schoos», brümelet der Buggs u ziet der Cherzestock zu siich. Er steckt di Tubakpfyffen i ds Mull, nimt am Cherzeflemi Füür, lehnt sich wohlig zrugg u blaast es fyns blaus Rüücheli über e Tisch ewägg. Under den Uuge vo den andere tubaket er behaglich wyter u rüemt zwüscheninhi: «Es ischt mytüri öppis Guets – u das isch es.»

Der Predikant fächerlet mit beede Hende Tubakruuch i sy Neehi u schnufet ne gniesserisch dür d Nasen y. De verchündet er etzückta: «Es schmöckt halt usgezeichnet guet.» Der Dorfschmiid schnupperet äbefalls u siit voller Begiischterig: «Myseel.»

Nüt über lang stellt der Buggs ds Paffen y, streckt di Tubakpfyffe gönnerhaft dem Ufpasser eggäge u tüderlet: «Sä! Probier ooch iinischt!»

Ja, ob är scha de netme weli, fraagt der Bratschi. Der Schuelmiischter macht es schlaus Gsicht, gugget der Ufpasser mit emene überlägene Lächlen aa u verchündet mit Bsitzerstolz: «Ich ha doch en iigeti by mer.» De ziet er e Tubakpfyffe us em Hosesack.

Der Jaggi macht groossi Uuge. «Waas!» rüeft er entsetzt. «Duu hescht mit der iigete Pfyffen im Sack ds Schläppelis Tubaksündi gholfe verurtiile?!»

«Cha's net abstrytte», grinset der Schuelmiischter. Er schüttlet unbekümmeret d Aggsle, cheert sich vom Jaggi ab, stopft sy Pfyffe u gugget vergnüegt, wie der Ufpasser vor schich hii paffet. Där ischt jitz i syne Ruuchschwadi der Mittelpunkt vom Tisch.

«Wie tuucht's dich?» erchundiget sich der Dorfschmiid.

«Guet», lächlet Bratschi, «iifach guet!» Er paffet drufloos wyter u siit verzückt: «I dene Wülkene chönti mu fascht miine, mu sygi uf der Himelfart!»

«Es tuucht mich o grad», brummlet der Jaggi. Er wiis jitz, dass er hie nütme cha verhindere. Di Mana sy ganz ab der Zyle u gsee nume nuch der glückseelig Bratschi bim Tubake.

«Ich wott de nahi ooch probiere», drenglet der Dorfschmiid.

«Jajaa», macht Bratschi schier ulydiga. «Häb doch echli Geduld!»

«Wartet!» rüeft der Predikant. Er giit zum Schrybtisch, ziet es Schublädi fürha u nuuschet drind. De chunnt er strahlend zrugg, liit füf Tubakpfyffleni uf e Tisch u lächlet: «Alles konfiszierti Waar! Bedienet nech unscheniert!»

Am Tisch het's erstuneti Gsichter u den es luts Glächter ggee. Zwee hii sofort zueggriffe, di Pfyffleni churz gmuschteret u versuechshalber i ds Mull gnoo. Der Tritte het der Tubak a sich zoge u sy Pfyffe aagfange stopfe. Derby witzlet er: «Der Kaschtlan het ja gsiit, das Chrut müessi verbrent wäärde! U wier fölgele schöön!»

Er hiigi's net i dem Sinn gmiint, würft der Jaggi verergereta y.

«Er het net gsiit wie, das stimmt», git der Schmiid guetmüetig zue. «Aber d Huuptsach ischt doch, dass das Chrut netme under d Lüt chunt. U dem wii wer jitz derfüür tue!» Er schiebt der Tubakseckel dem

Seelsorger zue u siit übermüetiga: «Herr Predikant, es reut mich nüt!»

«Mille fois merçi», lächlet däär u stopft synnersyts e Pfyffe.

Underdesse het der Dorfschmiid Füür gnoo. Er paffet in aller Strengi u stoosst groossi Ruuchwulki uus. De nimt er e Schluck Wy, stellt der Bächer umhi ab u gspasset gägen Ufpasser: «Wie giit's uf dyr Himelfart?»

«Schöön! – Ich bi scho fascht im Paradys!» lachet däär u rüükt behaglich wyter. Der Predikant het sy Pfyffe jitz o im Gang. Un es würt z viert drufloos tubaket.

Der Ufpasser gugget zum Jaggi u fraagt: «U de du Peter, woscht net ooch uf d Riis?»

«I cha's mache ohni.»

«Probier doch!» munteret ne der Dorfschmiid uuf.

Der Jaggi schüttlet der Chopf u siit usichera: «Ich truwen ihm schlächt.»

«Das tuet der gwüss gwüss nüt!» versicheret ihm der Buggs. De tüderlet er: «Es ischt verflüemelet guet! Süscht gälet, Herr Predikant!»

«Gwüss isch es», lächlet däär vergnüegta.

Der Jaggi ischt in nere verflixte Zwickmüli. Da ischt ds obrigkiitlich Tubakverbott, wonn er söllti befolge! – Andersyts isch es ihm net rächt, hie als inziga der preever z sy u derdürtwile zum Ussesyter z wäärde, zum Stöörefriid.

«Ich stopfe der iini!» rüeft der übermüetig Ufpasser. Er nimt e Pfyffe u der Tubak zur Hand u faat sofort mit Yfülen aa.

Dem Jaggi isch es net wohl. «Aber tue net viil dry!» forderet er ne uuf.

«Eso äberächt», erwideret der Ufpasser, «net zviil für en Aafang, aber o net zweenig! Süscht ischt ds Früüdeli z churzes! Un es churzes Früüdeli ischt ekiis rächts Vergnüege. – So, da ischt dy Pfyffe.»

«U da ischt Füür», siit der Tritten u schiebt ihm der Cherzestock zuehi. Der Jaggi nimt di Pfyffen i ds Mull, het sa mit zitterige Hende a ds Cherzeflemi u nimt mit churzem Päfferle Füür, ganz eso, wien er'sch vorhi bi den andere gsee het.

«Guet!» rüemt der Tritte. «Jitz muescht du suge!»

Der Jaggi sugt, macht e Grene u mues hueschte.

«Du taarfscht net z hert zie, süscht chunt's der i Hals», bschuelet ne der Ufpasser. Der Jaggi nimt das verflixt Ding mit beede Hende umhi i ds Mull u spargimenteret drufloos.

«Net blaase, Peter, net blaase!» ermahnet ne der Buggs. «Schöön zie! schöön langsam, ohni z haschte. Gugg, eso!» De macht er ihm es par Züüg vor.

«Ich bi drum i där Sach net bewandereta», etschuldiget sich der Jaggi un üebt wyter.

«Jitz isch' besser», ermunteret ne der Buggs.

U der Jaggi git sich ali Müei.

«Eso isch es rächt!» rüemt der Ufpasser. «Gseescht, es ischt gar net schweer! Numen eso wyter!»

Na mene Schutzeli het der Jaggi umhi müesse hueschte. Mu het ihm uf e Rügg gchlopfet un ihm mit guete Ratschleege zwääggholfe. De würt wytergrüükt u paffet. Uber de Chöpfe schwäbt fynechli e Tubakwolke u spriitet sich i der Stuben uus.

Der Ufpasser gugget lächeriga uuf u fraagt: «Wie gfallt's nuch i dene himmlische Gfilde?»

«Usgeziichnet», strahlet der Dorfschmiid u süslet voller Entzücke: «Mu ischt von alem Äärdeschwere loosglööst u schwäbt glückseelig über en Alltaag ewägg. Es ischt iim eso liecht u vögeliwohl ...»

«Ich mues usi!» rüeft der Jaggi. Er schiesst uuf, het d Hend vor ds Mull u traabet der Tür zue.

Der erchlüpft Predikant stiit verwirrta uuf u rüeft ihm nahi: «Wüsset Der wo?!» Der Jaggi het churz gnickt un ischt tifig im Gang um en Egge verschwunde.

«E'e'e», het der Buggs gmacht. Der Ufpasser het verwundereta der Chopf gschüttlet u langsam vor schich hii gsiit: «Wär hetti daas gsinet.»

«Er het halt immer z fescht zoge», erkläärt der Predikant u giit di Tür hübschelich ga zuetue. De chunt er umhi a sy Platz zrugg u siit uflicha: «Aber wäge däm wei mer is jetz nid öppe la stööre.»

«Bhüetis nii», pflichtet ihm der Buggs by. «Das wee schaad u das wee's! Sövel gmüetlich wie hütt isch es nam Chorgricht nu nie gsi!» Der Dorfschmiid het ihm voll u ganz bypflichtet. U der Bratschi het ab alem Paffen erklääret, är begryffi net, dass daas iim chöni übel wäärde.

«Jää», macht der sachverstendig Schuelmiischter mit ufghäbenem Ziigfinger, «Peter isch schich halt gar nüt gwanet. U das macht viil uus!»

«Chabis», pralaagget der Dorfschmiid. «Ich bi dadürhi ooch en Aafenger! Aber mier tuet's imel nüt!»

«Du hescht drum net eso gmutthuuffnet wien är», het ihm der Ufpasser guetmüetig eggäge.

«Au wa», lachet der Schmiid. «I gluuben, ich chönti e Pfyffe voli dürhirüüke ohni abzstele! Un es teeti mer nüt!»

Mu het ihm daas net gääre gluubt.

«Su probier doch iinischt!» grinset der Buggs.

Der Tritte überliit churz u siit: «Guet. Ich mues nume nuch frisch yfüle. U de wäärdet er gsee!» Er chlopfet di Pfyffen uus u stopft sa vo nüwem bis obenuus.

Er söli vorhäär nuch e Schluck Wy nee, liit ihm der Ufpasser a ds Häärz.

«Han ich gwüss net nöötig», pluuschteret sich der Schmiid ab alem Pfyffestopfen uuf. De siit er: «So, das tuet's. Ich bi naha.» Der Predikant schiebt ihm der Cherzestock zue, u der Tritte nimt Füür.

«Aber de ohni abzstele, gäll!» chreeit der Buggs.

«Mhm», macht der Tritten ab alem Füürnee. De

leent er schich behaglich zrugg, streckt d Bii vo sich, het der Chopf i Necke u faat aa qualme. Die andere guggen ihm beluschtiget zue u tubäkle uf ihri Gattig wyter. Na mene Schutzeli witzlet der Ufpasser gägem Tritte: «Wen d'im sibete Himel aachunscht, su beschryb nus de di Herrlichkiit!»

«Gääre», lachet däär, «aber zeerscht mues ich desuehi!»

«Waart!» rüeft ihm der Schuelmiischter begiischtereta zue. «Ich chume mit der!» Er lehnt sich uf der Stabäle äbefalls zrugg u qualmet mit em Tritten um d Wetti. Di andere trybe di Paffer übermüetig aa. Derby wäärde si sälber übersühnig u tubake fröhlich wyter. Es ischt es regelrächts Tubakfescht, u d Stube füllt sich mit Ruuch.

Plötzlich ghööre si d Frou Predikant im Gang ussna säge: «Die Here sy da inne.»

Di Tubäkler sy fürchterlich erchlüpft u sitze daa wie verstiineret.

Ahnigsloos chunt d Predikanti zur Tür inha u gseet Ruuchschwadi, velig erstareti Manevölcher u Tubakpfyffleni. Si truwet den Uuge net ... ihra Maa u d Richter tubake!! Voller Schrecke schleet si d Hend vor ds Gsicht u siit mit erstickter Stimm: «Um der – tuusig Gottswille – Samuel! – was – machet dir – für Dummheite.»

Hinder ihra chunt der Lynewäber Schläppi mit emene Seckli under em Arm u nere Guttere i der Hand zur Tür inha. Er gseet di Tubäkler, macht groossi Uuge u stiglet: «Wa – wa – waas? – Ischt daas – mensche – müglich!» Er chunt zvolme i d Stube u macht: «E'e'e'e – e'e, was säget Ier daa derzue, Frou Predikant?»

«I weiss es – no sälber nid! – I cha's nid fasse!» schnüpft di Entsetzti. Si verziet sich i hindere Stubenegge, het der Chuchischurz vor d Uuge u grynt.

Der chrank u aagschlage Lynewäber ischt plötzlich muntera worde. Er stellt di Guttere u ds Tubakseckli uf e Sitzofe, betrachtet umhi di niderbbrätschete, sündige Chorrichter u tüderlet schadefrüüdig: «E'e'e'e, was ischt net süttigs?! – D Here Chorrichter! Tz'tz'tz'tz'tz'tz ...»

Der Buggs hout mit der Pfuuscht uf e Tisch u brüelet: «Hör uuf! Du bischt nüt der besser!»

Aber der Lynewäber spöttlet wyter: «E'e'e, d Here Chor...»

«Fahr abb!» underbricht ne der wüetig Schuelmiischter.

«Nei, blybet hie!» bättlet der Predikant mit düner Stimm. «Mer müesse zäme rede.»

«Teech wohl müesse wer», höhnt der Lynewäber u siit uflicha: «I ha guet derwyl.» Er setzt sich uf en Ofe, betrachtet seelevergnüegt di sündigi Ehrbarkiit u laat si in ihrem schlächte Gwüsse aafen echli la schmore.

Di Tubäkler laasse reumüetig d Chöpf hange. Si sy in iir Angscht u wüsse net, was jitz de alz uf si zuechunt. Es ischt ugmüetlich still. Der Tritte het d Cherzeflame usbblaase, u der Predikant het elenda di Tubakpfyffleni zemegrumt. De chunt der Jaggi dür e Gang z schlyche. Er gugget vorsichtshalber nuch iinischt zrugg, chunt uf de Fuessspitze i d Stube, tuet di Tür ganz hübschelich zue u lächlet: «... hii Glück ghäbe! Es het niemer öppis gmerkt.» Er cheert sich vo der Tür ab, gseet der Lynewäber uf em Ofe sitze u fraagt voller Schrecke: «Ja – Schläppi? – Duu?! – Was – was machischt du – bin üüs?»

«Gäll!» lachet däär. Er het der Tubakpüntel uuf u spöttlet: «Ich bringe nu mee Tubak!»

Der Jaggi staret ging nuch uf e Lynewäber u fraagt wyter: «Wie – wie chunscht – wär het dich – hie inha glaasse?»

«Ig», huchet d Frou Predikant im andere Stubenegge.

Der Jaggi treit sich um u chürchlet erschmijet u verengschtiget: «Ier syt ooch daa!»

»Ja – leider.»

«Jitz chunt's lätz usa», siit der Dorfgwaltig. Er schlaarpet a sy Platz, laat sich uf d Stabäle ghije, stützt der Chopf i d Hend u pyschtet: «Hälf us der Liebgott.»

Der Predikant het stumm gnickt, u di andere hii schuldbewusst vorahi ggugget.

Na mene Schutzeli schnüpft d Frou Predikant: «Der Lynewäber het welle der Räschte Tabak ablifere

– wie men ihm befole heig. – Wil i gwüsst ha, dass dir no alli hie binenandere sitzet, han ihm gseit, är söll ech das Chrut grad sälber ushändige.» Si faat umhi aa gryne u redt under Treene wyter: «I ha ne da yne gfüert – wil i – kei Ahnig ha gha – was hie für – verbotteni Sache – gspilt wärde.» Vom Elend übernoo, haschtet si zur Tür usi.

Der Predikant ebbhet's netme uf syr Stabäle. Sys Amt stiit uf em Spiil! Er stiit uuf u luuft voller Unbehage hin u haar. De blybt er vor em Schläppi staa u siit mit müeder Stimm: «Lynewäber – mer müesse zäme rede.»

«Soo? – Enu», höönt däär.

Eeb der Predikant sys Aalige het chöne aabringe, stiit der Buggs o scho vor em Schläppeli. Er chlopfet ihm früntschaftlich uf d Aggsle u tüderlet hungsüess: «Los Bartlome, du muescht di ganzi Sach vergässe! Es soll dich gwüss wääger nüt rüwe.»

Der Lynewäber gugget das chly, überheblich Mendi gringschetzig aa u schnuwlet böösartig: «Soo! – Vergässe! – Ich?! – Eus Tubake vergässe?!»

«Eh jaa», flöötet der Buggs.

Aber es het ihm nüt füürtraage. Der Lynewäber schüttlet uwirsch der Chopf u hässelet: «Ä'ä. Ier hiit mynner Sündi o net vergässe u vergee. – Im Gägetiil! Ier hiit mich plaget u gstraaft u bbüest, dass' ekii Gattig het! – Jawoll, kii Gattig!»

Uf daas hii het der Buggs nütme gsiit.

De ferrt der Lynewäber mit emene schadefrüüdige Lächle wyter: «Aber jitz gseet di Sach ganz andersch uus! Jitze chönt ier iinisch sälber erfahre wie daas ischt, we mu als arma Sünder dür d Chnüttlete mues.»

Der Predikant gugget der Schläppi verengschtiget aa u fraagt chlylut, was er weli füürnee. Där verziet ds Gsicht, überliit churz u befilt: «Sitzet ab!»

Der Buggs pöögget sich scho umhi uuf u reklamiert: «Du hescht dem Herr Predikant u mier hie ina doch nüt ...»

«Ier sölet absitze!» brüelet ihm der Lynewäber ulydiga i ds Wort.

Der Predikant ischt still a sy Platz gsässe, u der Buggs het sich zwungenermaasse äbefalls a Tisch zu den andere gsetzt. De gsee si, wie der Lynewäber di Guttere ab em Ofe nimt u langsam uf si zuechunt. Er blybt bim Tisch staa, spienzlet ne di Guttere, ziigt u d Bächera u befilt churz aabbunde: «Triichet uus!»

De Tubäklere ischt es mit Schrecke klaar worde, was ds Schläppeli im Sinn het, u was ihne bevorstiit. U si sy machtloos! Er het si i der Gwalt. Si müesse's über sich lan ergaa! – Widerwilig hii si d Bächera ustruuche un umhi abgstellt.

Der Lynewäber stiit hinder e Buggs, ziet der Zapfe us der Guttere u schnuwlet: «Gib dy Bächer!» Der Buggs gugget ne böös aa u rüert ekii Finger. Ohni es wytersch Wort bückt sich der Lynewäber über ds Schuelmiischterli u schenkt ihm vo där brune Brüeji y.

«Was ischt daas?» wott Buggs wüsse.

«Öppis Guets! ... wo Züseli un ich hette söle triiche!» höönt der Lynewäber voller Schadefrüüd un erklärt uflicha: «Mu git's zwar füüraa dem Vee! Aber d Chorrichter chöne's ooch triiche! Es rumoret echli, aber es putzt zünftig u macht prav z schwitze.»

Der Buggs stieret blindwüetig uf sy Bächer u schnufet schweer.

«Es ischt Doppelsuud u würki usgeziichnet!» stichlet der Lynewäber u chlopfet uf d Guttere. De befilt er i strengem, findseeligem Ton: «So Herr Chorrichter, u jitz suuf das Züg!»

Der Buggs stiit langsam uuf, macht di Pfüüscht u presst zwüschet de Zende fürha: «Du verfluechts Lynewäberli, waart ich will der d Chnoche z lyberments ...» Der Dorfschmiid trückt ne uf d Stabäle zrugg u siit hübschelich: «Mach's net nu erger! Er het nus voll u ganz i de Fingere.»

«Vollkome. Hehehe», lachet der Lynewäber.

«Leider», pyschtet der Jaggi, ohni ufzgugge. Der Predikant wiigget trurig der Chopf; es ischt ihm elend zmuet, schuderhaft elend. Der Tritte u der Bratschi stare mit chrume Rügge iisderdaar uf di Tischplatte, u der Buggs brüelet dem Lynewäber wüetiga i ds Gsicht: «Ich suuffe di Brüeji net!»

«Spöi mich net aa! U suuf jitz!» befilt ihm der Lynewäber ulydiga.

Aber der Buggs tuet ekii Wank.

«Hescht ghöört?!» drööit der Lynewäber.

Der Jaggi gugget hilfloos uuf u bröösmet fürha: «Nimm das Züg. Es blybt der wääger nüt andersch.» Der Buggs gseet sy übli Laag entlich y. Er pyschtet, ergryft der Bächer, schlüderet es «Schnuderhund» gägem Schläppeli, u triicht i groosse Züüge u mit viil Überwindig der Bächer uus.

«Es soll der wohl tue», flöötet der Lynewäber schynheilig.

Der Buggs gugget wüetiga uuf u hässelet: «Ich bruche dy Säge nüt!»

«Du miinscht, es würki von ihm sälber», grinset ds Schläppeli u giit mit der Guttere zum Neechschte. Er füllt Bratschis Bächer u spöttlet: «So, Herr Uuf- un Abpasser, zum Wohl! I de neechschte Tage sy d Tubäkler vor dier aafe sicher!» Ohni en Antwort abzwaarte, bedienet er der Dorfschmiid u tüderlet: «Herr Chorrichter Trititite – i nüechtere Mage würkt daas Wunder!» Das het ihm e wüetiga Blick ytraage. Der Bächer vom Jaggi füllt er platschvola u höönt: «Der Tubaki u Hans-oben-im-Dorf mues ganz speziell vor där schützliche Tubakpescht u sym früeizyttigen Abläbe bhüetet wäärde. Süscht befilt plötzlich niemerme im Dörfli.»

De betrachtet er der Predikant, schüttlet der Chopf, steckt der Zapfe i d Guttere u befilt den andere: «So ier Here, fület euer Büüch!»

Der verbitteret Jaggi leert der Bächer i nes par

lenge Züüge. Der Tritte schlückt d Brüeji under Grimassi mit wyt ufgschrissene Uuge. Der Ufpasser het ds Gsüff a ds Mull u probiert z trinke, aber es flüderet ne vor Ekel. Er stellt der Bächer umhi uf e Tisch zrugg u siit elenda, är bhuuti's net, es widerstandin ihm.

«Du muesch es bhuute!» hässelet der Lynewäber. «Du hescht di Herrlichkiit in Uftraag ggee! u tarfscht jitz dy Tiil o haa! – Also suuf där Schlymm!»

Der Bratschi het's vo nüwem erhudlet.

«Mues der ne yschütte?!»

Voller Unbehage u voller Abschüw würgget der Ufpasser Schluck um Schluck vo där Brüeji dür e Hals ahi.

«Sooseli, sooseli; gseescht, es ischt imel ggange!» tüderlet der Lynewäber zfride. Er giit zum Ofe u stellt di Guttere nebe ds Tubaksecki. De chunt er zrugg, rybt undernemigsluschtig d Hend u verchündet mit emene verschlagene Lächle: «U jitze wii wer dem Herr Chaschtlan es Briefeli schrybe.»

Der Jaggi schiesst erchlüpfta uuf u fraagt hässig, ob das Traach de nu net gnueg sygi? Der Schuelmiischter rutscht uf syr Stabäle urüejig hin u haar u chreeit chyschterig: «Wier söllte den oppa hiime, bevor ...»

«Das git's nuch alz, wenn er net zaagget!» underbricht ne der Lynewäber u befilt: «Herr Predikant, neet d Schrybruschtig fürha u schrybet!»

Der Predikant gugget ds Schläppeli us groosse entsetzte Uugen aa u wärwiiset. De stiit er langsam uuf, giit mit blyschwere Biine zum Schrybtisch, nimt Papyr u d Fädere zur Hand u waartet. Der Lynewäber het sich nebem Predikant ufgstellt. Er chratzet e Moment gedankeschweer am Chini, de siit er i schuelmiischterlichem Ton: «Schrybet! – An den Herrn Kaschtelan Herport – zu Blankenburg. Punkt. – Jitze d Aareed. Wie macht mu dia?»

Ohni ufzgugge, bschiidet der Predikant mit schwacher Stimm: «Hochwohlgeborener, insonders geschätzter Herr Oberamtmann.»

«Yverstande! Hehehe, das töönt schöön ... insonders geschätzter! Schrybet daas grad eso!» befilt der Lynewäber. Er waartet, bis d Aareed gschribeni ischt u diktiert langsam wyter: «Die härnach unterzeichneten Chorrichter und Ufpasser bezeugen – bezeugen, dass sie heute nach dem Chorgricht – im Pfrundhaus Tubak reukten.»

«... rauchten», verbesseret der Predikant ab alem Schrybe.

«Sie wurden von dem Ihnen wohlbekannten Bartlome Schläppi – allhiesiger Leinenwäber –»

«... Leinenweber zu Lenk», korigiert der Schrybkundig.

«Miera – zu Lenk – bei diesem schändlichen Tryben erwütscht. Punkt. – Wier danken hiermit ...»

Der Predikant gugget verwundereta uuf u fraagt: «... danken?»

«Jawoll. Wier danken hiermit als Chorrichter ab – weil wier liederliche ...»

«Nei! Das chan i nid schrybe!» widersetzt sich der Predikant u würft d Fäderen ewägg. Ohni es Wort z verliere, giit ds Schläppeli sy Guttere ga riiche, füllt e Bächer, stellt ne uf e Schrybtisch u siit: «Da ischt Eua Bächer, Herr Predikant.»

Der Seelsorger staret e Zytlang dem Lynewäber i ds Gsicht. De triicht er buessfertig der Bächer uus.

«Erpresser», zischlet der Tritte.

Ds Schläppeli treeit sich tifig gägen Ufbegäri, staabet mit der ufgstreckte Guttere zum Tisch u chäderet: «Woscht oppa nuch iinischt e Schluck?»

Der Tritte ischt zemegfaare, un es erhudlet ne vo nüwem. Der Buggs stiit uuf, presst d Hend uf e Buuch u stöönet: «Ich mues hiime!» Aber der Lynewäber trückt ds gnööt Schuelmiischterli uf d Stabäle zrugg u schnuzzet: «We du underschribe hescht, chascht de gaa! Vorhäär net!» Sobald der Schuelmiischter gstaleta ischt, rüeft er gägem Schrybtisch: «Herr Predikant! Di Here möge schiergar net gwaarte, bis si chöne underziichne!»

«I schrybe dä Satz nid!» bhertet der Predikant.

Der Lynewäber überliit es Schutzeli. Er giit umhi zum Schrybtisch u siit versöönlicha: «Also guet, laasse wer ne ussna. Das chunt ja iinewääg zur Abdankig.» Er stellt di Guttere uf e Schrybtisch u befilt: «Schrybet wyter! – Wier stellen uns einem oberen Gericht – zur Aburteilung unseres Vergähens. Punkt. Sind aber notabene di neechschten paar Tage unabkömmlich. – Ich sägen ihm de scho wärum. So, jitz nuch ds Datum u nahi all Underschrifti.» Er ziigt uf e Brief u befilt: «Hie ... Predikant Bachmann.»

Där pyschtet schwer un underschrybt. De verziet er schich nidergschlage zum Fenschter.

«So, der neechscht: – Jaggi!» komandiert der Lynewäber.

Der Jaggi wott sich lüpfe. Aber der Buggs rüeft: «Halt! Ich bi pressierta u han e wyta Hiimwääg!» Er füdelet vorsichtig zum Schrybtisch u haagglet umschtentlich sy Naame uf ds Papyr. Scho stiit der Dorfschmiid nebet ihm u drenglet: «Schick dich! Ich mangleti ooch z gaa!»

Der Buggs het di letschte Buechstabe gchriblet, würft d Fädere uf e Schrybtisch u pfiret so glehig als müglich zur Stuben usi. Der Dorfschmiid chratzet mit chreftige Strichen u Häägge sys Ulrich Tritten uf ds Papyr, traabet dem Schuelmiischter nahi, rüeft es «Bhüetgott» u verschwindet zur offene Tür usi.

«So – Jaggi! U nahäär nu Bratschi!» befilt der Lynewäber.

Di beede sy zemethaft aaträtte. Der Jaggi het d Fädere tuuba ergriffe, gugget e Moment stumm uf ds Papyr, pyschtet u schrybt sy Naame in iim inzige Zuug under dä verhengnisvoll Brief. Er übergit d Fädere wortloos dem Bratschi u setzt sich gedankeschweer una a Tisch. Der zytgnööt Ufpasser het tifig underschribe un ischt mit de Hende uf em Buuch u chrumem Rügg dervogaloppiert.

«Soseli. Das ischt ja ggange wie gschmiert!» lächlet der Lynewäber zfride. Er liit das erzwunge Gstendnis zeme u versorget's i sym Hosesack.

«Was gscheet mit dem Brief?» wott der Jaggi wüsse.

«Oh, där bringen ich dee Namitaag dem Herr Chaschtlan i ds Schloss.»

«Mues daas sy?!»

«Es ischt mer gwüss gwüss ekiis Müesse», strahlet der Lynewäber. «Sövel gääre wie ...»

«Aber du giischt net hütt u giischt net moore!» byferet der Hans-oben-im-Dorf. Derby het mun ihm aagsee, dass er gar net sövel briita ischt wien er schich usgit. Der Lynewäber setzt sich oben a Tisch u mulet, är gangi we's ihm passi.

«Nii», suret der Jaggi. Er rutscht urüejiga uf der Stabäle desumha u ferrt gnietig wyter: «Der Kaschtlan het hütt u moore hööja Bsuech. Un es ischt net nöötig, dass ...»

«Oh wäge dessi chan ich ihm die Frohbotschaft glychwohl abgee», zwitscheret der Lynewäber.

D Überheblichkiit vo dem niderträchtige Dräckmendi het der Dorfgwaltig nu mee i Gusel bbraacht. Er gugget's tuuba aa u walschtet: «Ich will grad derfür tue, dass du di neechschte par Taga dahiime blybscht.» Er giit di Guttere ga riiche, füllt e Bächer, schiebt ne dem Lynewäber zue u poleetet: «Ich gaa net zur Stuben uus, eeb du dä Schlym ustruuche hescht!»

Der Lynewäber lehnt sich vergnüegta zrugg, verschrenkt d Ärmleni u siit munter: «Das wii wer jitz grad abwaarte. Ich ha Zyt! Mee wa nume gnueg Zyt!»

«Ich ooch», presst der Jaggi fürha.

«Soo – miinscht?» zwyflet der Lynewäber u gseet, wie sys Gägenüber lengerschi urüejiger würt, wien er d Bii aaziet u Schwiiströpf uf der Stirne het.

«Triich jitz!» befilt der Jaggi ungeduldiga. Das miserabel Traach faat ne aa zwicke. Aber er tarf net ufgee u mues där uverschant Schnuderi under alen Umschtende vo sym Vorhaben abhaa.

Der Lynewäber lächlet überläge u stichlet: «Es ischt ds erscht Maal, dass du mit mier am glyche Tisch sitzischt, u dass du mier öppis z Triichen offerierscht. – Un ich nime's net emal.»

Der Jaggi würft ihm e wüetiga Blick zue. Er het umhi e Pööri, verhet der Buuch u pyschtet.

«Rumooret's der?» grinset der Lynewäber.

Der Drangsaliert bysst uf di Zend, er schwitzt, stiit langsam uuf u weeberet: «Ich gstaa's netme uus.» Kinner wytere Worte fähig, schlaarpet er elenda zur Stuben usi.

«Viil Vergnüege un e Gruess dahiime!» rüeft ihm der Lynewäber schadefrüüdig nahi u giit ga di Tür zuetue.

Der Predikant cheert sich vom Fenschter ab u siit müeda: «Dir trybet di Sach schon echli wyt.»

«Gwüss nüt strüber als ier dä Vormitaag, Herr Predikant», het ihm der Lynewäber eggäge.

«Aber das isch doch nid Eui Sach.»

«Vo mooren ewägg würt's dem Chaschtlan syni sy» trümpft der Lynewäber uuf. «U där würt a euem Tubake o net grad Früüd ha.»

Der Predikant het schuldbewusst gnickt. Er gugget der Schläppi e Zytlang chummervoll aa, de siit er zaghaft: «Lynewäber – i möcht nech um öppis bitte.»

«Das wee?» fraagt ds Schläppeli.

«Versprächet mer», faat der Predikant müeisam aa, «versprächet mer, dass Der bis zu üser Aburteilig – ussert em Herr Kaschtlan – zu niemerem vo üsem Fähltritt prichtet. O zu Euer Frou nid.»

Ds Schläppeli verziet ds Gsicht un erwideret: «Hmmm, das ischt mytüri zviil verlangt.»

«Tüet's mir u myr Familie zlieb», bättlet der Seelsorger.

Der Lynewäber wiigget der Chopf missmuetig hin u haar un überliit sich das Aalige gründtlich: Soll är dem Predikant zlieb tagelang uf ds Mull sitze? ds Tubake vo dene Here verschwüge? Wurdi daas der streng Predikant mache? fraagt er schich u het synner Zwyfel. Aber wonn er i ds elend Gsicht u di trurigen Uuge vom Seelsorger gugget, het er plötzlich Bedure mit ihm u verchündet: «Also guet, ich schwüge. Aber numen Euch u Euer Familie zlieb.»

Der Predikant schnufet uuf. Er presst d Hend uf e Buuch u danket ihm.

«Scho rächt», erwideret der Lynewäber. De giit er zum Tisch, nimt d Schlymguttere a sich u siit: «Ier chönt uf mich zele, Herr Predikant. U jitz bhüet uch Gott!»

Der Seelsorger het ne bis vor d Hustür gfüert u het sich tifig verabschidet. Er het's plötzlich schuderhaft pressant ghäbe.

Der Lynewäber ischt zfriden u glücklicha hiimegschuenet, i sys chly, aalt Tääschihüsi am Oberriedwääg.

Ds Züseli ischt elends i der fiischtere Chuchi uf emene Stuel gsässe u het ungeduldig uf ds Traach gwaartet.

«Goggrüesdich Züseli. Ich bi spaata, gäll», het ses ds Mandli uflichs begrüesst.

«Jaa», huchet ds Froueli. «Wo bischt imel ooch eso lang gsi?»

«Won ich gsi sygi?»

«Jaaa», töönt's ulydig zrugg.

Bäärchtli het erzellt, dass er sofort ds Traach sygi ga chuuffe. Nahi sygi er i ds Pfruendhuus gschuenet, für e Tubak abzlifere. Er hiigi ne der Predikanti a der Hustür welen abgee, aber si hiigi mu gsiit, är söli das Chrut ihrem Maa sälber ushendige u hiigi ne i d Studierstube gfüert, wo d Richtera u der Ufpasser vergnüeglich binenandere syge gsässe. Jaa, u dert hiigi är schich du fynechli lang versumt. Si hiigen über ds Tubake tischpitiert un är hiigi ne du mygottsgyx sy Miinig gsiit, dütsch u tütlich. Derby sygi allerhand uscho, allerhand!

«Waas de?» fraagt ds aagschlage, müed Froueli gwunderigs.

«Aafen emaal: Di Tubakpescht sygi tums Züg!»

«Hä? Soll daas hiisse –?»

«... dass si nus nume hii welen Angscht mache!

Wier beedi sy so gsündi wie numen öppis! u bruche di Brüeji net z triiche!»

Züseli het ufgschnufet u gstrahlet. Bäärchtli het stolza wytererzellt, dass ne eh wa net di Puessi erlaasse wäärde! Mu hiigi en usfüerlicha, gwichtiga Brief a Chaschtlan gschribe, all hiige underziichnet, un är wäärdin ihm däär nu hütt i ds Schloss bringe.

Ds Froueli ischt umhi räschligs gsi u het wele wüsse, was de i dem Brief standi. Bäärchtli hettin ihm schuderhaft gääre vo de sündige Chorrichtere erzellt. Aber da ischt das verflixt Verspräche! Er het müesse schwüge u het sich dermit usagredt, dass er ihm daas de speeter wäärdi prichte. Jitz müessi är sobald als müglich uf d Socke u mangleti vorhär nuch öppis z habere.

Wil nüt ischt gchochets gsi, het ihm Züseli churzerhand zwo Hampfeli ddörti Birleni ypackt. Bäärchtli het sich verabschidet un ischt mit em Brief u de Birlene seelevergnüegta taluus, dem Schloss zue glüffe.

Es ischt hiiss gsi. Bäärchtli het uf Rücke ghäbe un ab alem Schuene d Birleni ahigwürgget. De het er ab u zue bi mene Brune es par Schlück Wasser truuche un ischt schleunig wytergschuenet. Di sunntäglich leeri, stuubigi u blätzewys frisch ggrieneti Landstraass het sich schuderhaft i d Lengi zoge. Bäärchtli het sich i der Gäget netme usgchennt; er ischt glüffen u glüffe, het gschwitzt un ischt langsam müeda worde. Aber vo Schloss ekii Spuur!

Er ischt scho über zwo Stundi underwäge gsi, wonn er taluus, uf emene chlyne Hogerli, halb hinder Büüme versteckt, e hööija Ture un es mechtigs Dach het gsee. Das mues entlich ds Schloss sy, het er gsinet un ischt mit frischem Muet wytergschuenet.

E Viertelstund speeter het linggerhand e Charrwääg zum Schloss uehi gfüert. Bäärchtli ischt blybe staa, het echli verschnuppet u der hööi, obe gspaalte Ture mit em groosse Bärnerwappe aagstunet. Dernebe stiit es Huus u ne Bschürig von ere Gröössi wien är nu nie gsee het. Er het sich fascht net getruwet, i di wytlüüffigi u gwüss echli uhiimlichi Chaschtlany nach em Herport ga z fraage. Aber was wott er andersch? Är het ja ne Brief, wonn er ihm sälber wott abgee.

Bäärchtli ischt langsam dür e Charrwääg uehiglüffe. Je neeher är dem Schloss chunt, umso gröösser un abwysender stiit's vor ihm, un umso gringer u verloorener chunt är schich vor. Chlylut un echli verengschtiget chunt er uf e wyte Vorplatz. Graaduus het er ds mächtig Schloss vor schich u rächterhand, gäg ihn zue, sy d Rossställ, d Wageremise, e Schüür un es par chlynderi Gebüwdi. Zu syr groosse Erliechterig gseet er vor emene Rossstall e gsuntigeta, eltera Mendel sitze, warschynlich e Rosschnecht. Er ischt uf ne zue glüffe u het früntlich ggrüesst.

«Grüessgottwohl», erwideret där u muschteret ne

von obe bis una. Mit em Blick uf di stuubige Schue siit er: «Du chunscht alem aa vo wythaar?»

«Ja, us der Lengg.»

«Ho.»

Bäärchtli setzt sich müeda nebe Rosschnecht un eröffnet ihm, är weli zum Chaschtlan.

«Ho – zu ihm sälber?»

«Ja.»

«De chunscht aber z Unzyte. Wier erwaarte groossa Bsuech.»

Aber är müessin ihm e wichtiga Brief abgee! drenglet der Lynewäber.

«Nume grad eso abgee?»

«Ja.»

«... ihm sälber?»

«Jaa», betoont Bäärchtli.

Der Rosschnecht chratzet i de Haare. De siit er: «Los, du waartischt am beschte grad bi mier. Sobald der Bsuech aarückt, chunt ne der Kaschtlan hie usa cho begrüesse. U de gischt ihm der Brief.»

«Miinscht, das gangi?»

«Jitz chascht net zue mu. U sobald der von Erlach da ischt, erscht rächt net.»

«Wend chunt de där?»

«Gwüss jeda Uugeblick. Ich waarte scho über ne Stund uf ne.»

Bäärchtli ischt blybe sitze u het ghulfe waarte.

Plötzlich ghöört mu vom Schlossinnere haar vier lut

Schleeg. Bäärchtli erchlüpft u fraagt echli engschtlicha: «Was bedütet daas?»

Der Rosschnecht lächlet un erkläärt: «Jitze isch es grad genau vieri.»

«Aber wär het de daa gschlage?»

«Üüsi Uhr! Die schleet ganz vosälber all Stundi. Taag u Nacht!»

«... vosälber?» zwyflet der Lynewäber.

«He jaa. U net nume daas. Si het sogar zwee Aaziigera, e groossa un e chlyna. Di gangen iisderdaar zringsetum! Der grooss macht der Umgang in nere Stund, u der chly brucht zwölf Stundi. Un eso chascht du bi jedem Wätter a de Zahli, wo a der Wand ufgmale sy, di genaui Zyt abläse, ooch we d Sune net schynt.»

Bäärchtli het verstendnisloos ds Huut gschüttlet. Uf daas hii het er schich nam grüseliche Spaalt am Schlossturen erchundiget.

A dem sygi das schützlich Ärdbebe vor säggsudryssg Jahre dschuld, erlütteret der Chnecht. Der Ture müessi schier bis uf d Helfti aha abtraage wäärde. Aber mu wärwiisi nu hütt, ob mu ne umhi i syr ganze Gröössi weli ufbuwe oder blooss es nüws Tach uf e Räschte mache. Ihm sälber wurdi eso ne Stumpe nüt gfale. Das weeri doch ekiis Schloss me!

(Was dem Chnecht missfale het, ischt es par Jahr speeter Tatsach worde. Mu het der Ture verchürzt un es nüws Tach uf e Stumpe gsetzt. Das Pfuschwärch ischt dem Schloss im Dezember 1767 zum Verhengnis worde: Us em Chemi vom Wösch- u Chüeijerhuus het sich e Sprange im Tach vom verchürzte Ture verfange, un i der Nacht druuf ischt ds Schloss genzlich ahibbrune. Am glychen Ort ischt zwüü Jahr speeter es nüwzytlichs Amtshuus ohni Ture gstande.)

Der Rosschnecht u der Lynewäber sitze ging nuch uf em Benkli u gspräächle zeme. Bäärchtli het wele wüsse, wo de d Chöfeni syge?

D Gfengnis? Das gangi über ne lengi Stiistäge desahi bis z underischt una, wo's nume dick füecht Müreni gäbi un ekii Sunestrahl derzue chömi.

Wie menga dass de da nide schmaachti?

Der Chnecht erwideret nüt. Er lost gäge d Straass, springt uuf u verchündet: «Los! – si chöme!» Scho nimt er es Signalhore vo der Stallwand, het das Monstrum hurtig a ds Mull u blaast mit vole Backi Alarm: tuut – tuut – tuut.

Vo der Landstraass haar biegt e Zwüüspenner-Ggutsche i Schlosswääg y u chunt i flottem Traab desueha. Un im Schloss isch es läbig worde. E Schryberling het di groossi Ygangstür ufta. Der Kaschtlan u d Kaschtlani chöme i prächtige Gwendere uf e Platz usa u gugge der Ggutschen eggäge. Der Rosschnecht het hurtig sys Gwand zwääggstriche un ischt uf e Vorplatz glüffe, für e Zwüüspenner in Epfang z nee. Sobald där gstellt het, ischt er vor d Ross gstande u het si mit sicherem Griff am Zügel packt. Der Ggutschner ischt vom Bock ahaggumpet un ischt schneidig di

Ggutschetür gan ufschrysse. Der Kaschtlan u d Kaschtlani sy neeher cho, un us der Ggutsche stygt e dunkelgwandeta, fürnema aalta Heer uus. Der Kaschtlan u d Kaschtlani – u hinderzuehi der Schryber – hii sich ehrerbietig verböigt. De streckt di eltlichi Kaschtlani dem Aalte d Hand eggäge, u där git era ungscheniert es Müntschi druuf, ja mytüri. Dernaa schüttlet er dem Herport e halbi Ewigkiit d Hand. Dienschtjumpferi sy bi der Ygangstür desumhaghüenderet. Der Ggutschner het Gepäck usglade, u d Dienschtjumpferi hii's i ds Schloss traage. Der Rosschnecht het der Zwüüspenner a Schatte gfüert, het usgspanet u het sich um d Ross kümmeret. D Herrschafti sy ging nuch vergnüeglich desumhagstande u hii enandere Komplimenti gmacht. Der Lynewäber het der Chaschtlan net us den Uuge glaasse u het uf ene Glägehiit passt, für ihm der Brief abzgee. Aber das ischt gar net eso liecht gsi. Wo der Herport i sy Richtig ggugget het, streckt Bäärchtli tifig der Arm i d Luft u winkt ihm mit em Brief zue. Der Herport het e Moment gstutzt. Du het er enöjis zu syne Lüte gsiit un ischt uf ihn zuecho.

«Syt Dir nid der Lynewäber Schläppi?» fraagt er ganz verwirrta.

«... us der Lengg, jaa.»

«De heit Dir das Gsüff also nid trunke!» siit der Kaschtlan sichtlich erliechtereta.

«Nii, Herr Chaschtlan. Das hii ander Lüt gchüschtet», grinset der Lynewäber briit.

«Wie meinet Der daas?»

«Hie ischt e Brief, wo si nuch gschribe hii.»

Der Herport nimt ds Schrybe a sich u fraagt, ob si uf ene Antwort waarte.

«Ja – scho, Herr Chaschtlan. Aber das ischt neechschti Wuche früei gnueg.»

«Schön. I danke. Und jetz mues i mi um my Gascht kümmere.» Er steckt der Brief i Sack u giit zu syne Lüte zrugg, ohni en Ahnig z ha, was är für ne Pulvertüüfel im Sack desumhatriit.

«Janu, där explodiert de moore scho», het der Lynewäber zfride gsinet un isch schich zum Rosschnecht ga verabschide. Dernaa ischt er glückseeliga hiimwärts gschuenet. Ab alem Luuffe ischt ihm ging umhi sy bewegt Suntig im Sinn gsi, ob er wele het oder net. Di usöödi Grichtsverhandlig, di Tubakpescht u das ekelhaft Traach syn ihm wie nes Uwätter dür e Chopf grumplet. De hii ne di erwütschte Tubäkler vo nüwem mit Schadefrüüd erfüllt. U synner Erläbnis im Schloss, di Ggutsche, di prächtige Chliider u der Herport syn ihm vorcho wie ne wundersama Truum. U doch sy si Würklichkiit gsi! Er het daas net blooss truumet. Niinii. Der Brief ischt Tatsach! Där ischt jitz im Schloss u würt mengs i Bewegig setze. – Eso het's im Lynewäber dür ds ganz Tal desy polderet u gsüslet u gjublet.

Um di Sibne ischt er entlich dahiime gsi, müeda, hungeriga u verschwitzta. Züseli het sofort wele wüsse, wie's ihm ergangen ischt u was er usgrichtet hiigi. Bäärchtli ischt usgwiche u het vom Schloss prichtet, vo der Ggutsche u vom aalte Glüschteler, wo der Chaschtlani bim Usstyge ungscheniert es Müntschi uf d Hand trückt hiigi.

«Jajaa», underbricht ne ds Züseli, «u de der Brief?! Was stiit i dem?»

Där hiigi är dem Chaschtlan abggee.

U wie's de um di Puessi standi?

Das wäärdi de scho nuch uscho. Er hiigi gueti Hoffnig, dass si ne erspartu blybe. Mee chöni är gwüss net säge. – Aber jitz hiigi är Hunger!

Züseli het sich wohl oder übel müesse zfride gee. Es het e Räschte Suppen ufgweermt u Broot uf e Tisch gstellt. Nam Ässe het ihm Bäärchtli umhi vom Schloss erzellt, vom Gfengnis, won ekii Sunestrahl inhi chömi u wo's ekiis Etwyche gäbi, u vo dem Wunderding, wo si im Schlosshoof hiige, es Ygricht, wo ganz vosälber all Stundi iinischt vier lut Schleeg hemmeri, Schleeg, wo mu wytumenandere ghööri! U de syge da sogar nuch zwee Aaziigera, wo stendig zringsetum gange, e groossa u e chlyna. Mit dene chöni mu jederzyt, ooch we d Sune nüt schyni, an ufgmalene Zahli uf d Minute genau abläse wie spaat ... Bäärchtli het müesse gsee, dass sys Froueli am Tisch ygschlafen ischt. Er het ihm es Müpfi an Ellboge ggee, Züseli ischt zemegschosse, het ds Huut ufghäben u fuläärtigs gsiit, es sygi gwüss echli müeds.

Si sy überycho, Fyraabe z mache u ga z schlafe.

Bäärchtli ischt im Truum umhi im Schloss gsi. Er ischt über ne lengi, lengi Stiistägen ahiglüffe u wyt nide i ds füecht, muffelig Gfengnis cho, wo d Lengger Chorrichter a de Wende aagchöttenet sy un under schützlichem Buchwee lyde. Si hii gschwitzt u gstöönet. Der Chaschtlan ischt vor ne gstande, het iisderdaar mit ere Giisle gchlöpft u het si wägen ihrem Tubake usquetscht. Der Jaggi het ging grüeft, är suuffi di Brüeji net, u der Chaschtlan het ihm mit Folterquaali ddröit. Wonn er ihn una a der Stäge het gsee staa, ischt er uf ne zuecho, het ihm uf d Aggsle gchlopfet u früntschaftlich gsiit: Bartlome, vo hütt ewägg bischt duu Chorrichter. – Weenig speeter ischt er mit sym Züseli glückstrahlend in nere zwüüspenige Ggutschen über Land gfaare. Uf beede Syti vo der Straass sy Lüt gstande. Si hii bim Verbyfaare d Chappi glüpft, ehrerbietig ggrüesst u Bückliga vollfüert. Aber er het net chöne usmache, wohii di wunderschööni Riis giit. Es ischt alz eso fremd gsi ...

Am Morge druuf het Bäärchtli di prächtigi Ggutsche mit em herte Wäbstuel müesse tuusche. Der grau Alltaag het ne umhi voll i Aaspruch gnoo. Aber eso graua ischt er iigetlich gar net gsi; d Schadefrüüd het ihm im Ghiime über mengs ewägg ghulfe. Züseli ischt gueter Dinge gsi. Es het glücklicherwys nütme nam

Schlossbrief gfraagt, un är het bim Wäbe ugstöörta syne suntäglichen Erläbnisse chöne nahigaa. Es het ne schuderhaft wundergnoo, wie di Here Chorrichter mit ihru Buchwee fertig wäärde.

Am Midwuche ischt er under emene Vorwand i ds Dörfi gschuenet, für z merke, wie der Tritten aafe dranden ischt. Där het elenda nebe der Schmitten aalta Grümpel erläse. Wonn er der Lynewäber het gsee daastaa, het er ihm e wüetiga Blick zuegworffe un enöjis vo Schnüderlig gstenkeret. Bäärchtli het ihm gueti Besserig zuegrüeft, ischt zfride hiimeglüffe u het uflicha wytergwobe. Derby het er schich en unerbittlich herti Bestrafig vo de Chorrichtere usgmale, u drufahi e schööni Belohnig für synner Verdienschta. Er het sich im stile scho als Chorrichter gsee.

Am andere Tag ischt e jüngera Ryter vor sym Hüsli ufgchrüzt. Er ischt vom Ross gstige, ischt i ds Wäbstübli cho u het Bäärchtli gfraagt, ob är der Lynewäber Bartlome Schläppi sygi.

«Där bin ich, jaa», nickt Bäärchtli.

Der grooss, vierschröötig Pürschtel grüesst u siit: «Ich chume vom Schloss.»

«Ha's grad vermuetet!» lächlet Bäärchtli.

Ohni viil Wort z mache, eröffnet ihm der Kärli echli wichtiga: «Ich ha dier im Uftraag vom Kaschtlan uszrichte, dass du am neechschte Suntig, na der Predig, hie im Pfruendhuus zu syr Verfüegig sölischt staa. Es sygi dringend. Du müessischt cho Uskunft gee.»

Das ischt für Bäärchtli lieblicha Bschiid. Er strahlet über ds ganz Gsicht u tüderlet stolza hinder sym Wäbstuel fürha: «Ich würde dert sy! Jawoll. Der Herr Chaschtlan cha uf my voli Understützig zele. Chascht ihm's de grad säge.»

«Där würt Früüd haa», grinset der Melderyter. «Also de, am neechschte Suntig!» siit er nuch umhi u wott sich verabschide.

«Waart nu grad!» het ne Bäärchtli zrugg. Er wetti nu mee wüsse u fraagt, wie der Herr Chaschtlan di schicksalshafti Aaglägehiit weli i d Fingera nee, wie hert d Tubäkler gstraaft wäärde u wär de da alz ufbbotte sygi?

Der Schlosstrabant ischt überfraagta. Aber er wott daas net zuegee u pralaagget: «Über daas tarf ich dier wääger ekii Uskunft gee, so gäären ich's teeti. Aber du würsch es ja de am Suntig gsee!» probiert er z trööschte.

«Mhm», macht Bäärchtli ettüüschta u mues sich mit där schwachen Ufmunterig abfinde.

«So, aber jitz mues ich schleunig wyter», drenglet der jung Pürschtel. Er tüpft zum Abschiid mit em Ziigfinger a Huet u siit: «Bhüet dich Gott! u häb's guet.»

«Du ooch, u vila Dank!» rüeft ihm Bäärchtli nahi.

Der Schlossbot ischt zur Tür usi gstiflet, het sich i Sattel gschwunge un ischt uf sym Ross i ds Dörfli zrugg galoppiert.

Züseli ischt im Wäbstübli erschine u het gwunderigs gfraagt, was de där Mendel bi ihm hiigi wele? Bäärchtli het ihm stolza erzellt, dass ihri Sach am neechschte Suntig erlediget wäärdi. Är müessi grad na der Predig im Pfruendhuus sy.

«Jitz giit doch den e Fure», het Züseli zfrides ygwendet u het Bäärchtli Ratschleeg ertiilt, wien är de müessi herta sy u sich derfüür ysetze, dass ne di Puessi genzlich erlaasse wäärde. Bäärchtli het zueversichtlicha erwideret: Das machi är de scho! Es bruchi wääger ekii Angscht z haa! Aber ds Froueli het dem net rächt truwet u het erklärt, es sygi ds Gschydschta wen äs mit ihm chömi, süscht laassi är schich vo dene Hache überschnure. Bhüetis, het ds Mandli glachet, är hiigi Bewysa! u wäärdi di schynheilige Püttericha ohni ihnis bodige! Ds ahnigsloos Züseli het ds Mull gringschetzig verzoge u gschnöödet: Hm, Bewysa. Äs wetti wüsse, was är z bewyse hiigi. Bäärchtli het ihm ds Gspött net chöne übelnee u het ghiimnisvoll erklärt: Es syge unumstöösslich Tatsachi, wo den es Tonderwätter wäärden uslööse. Mee törfi är ihm im Moment net säge. Er het sofort emsig wytergwobe u na mene Schutzeli gsiit, es müessi halt Geduld haa! Dermit ischt sy Prichterstattig fertig gsi, u ds Froueli ischt im Gwunder bblibe. Eso hii di beede dem Suntig uf verschideni Gattig eggägeggugget: Züseli mit gmischte Gfüele u Bäärchtli voller Zueversicht.

Am Suntigmorge isch es tüpp gsi. Schweer, grau Wolki hii sich über em Tal zemezoge u wäret em Prediglüte het mu's taluus ghööre tondere. D Lengger hii sich wäge dessi net von ihrer chrischtliche Pflicht lan abhaa. Es het ooch derzue ghöört, dass us jedem Huus zmindischt iis z Predig giit, für di amtliche Wysigi z vernee. – Hütt sy si echli tifiger als gwöhnlich der Chilche zue glüffe u hii naadinaa Bankreije um Bankreije gfüllt; d Froui uf der iinte u d Mana uf der andere Syte vom schmale Mittelgang.

Es het verlütet. Ds Predikants sy andäächtig dür e Mittelgang cho. Bi der vorderschte Bankreije het d Predikanti still ihra gwohnt Platz ygnoo, u der Predikant ischt mit schwerem Häärz zu syr vermuetlich letschte Predig uf d Chanzel gstige. Er het der Gottesdienscht mit emene Bittgebätt, dernaa mit em gmiisame Gsang vom Psalm «Wenn wir in höchsten Nöten sind» ygliitet. Ab alem Singe het er unuffelig d Bankreji abgsuecht u het zwüschen all de bekannte Gsichtere der Jaggi gsee, der Bratschi, der Tritten u wyter hinder der Buggs. Uf der Frouesyte ischt er de trurigen Uuge vo syr Frou begägnet. Si hii enandere lang aaggugget. Nam Gsang het er mit bewegte Worte sy grüntlich überliiti Predig über e Spruch ghäbe, wo i syr Studierstube über der Tür standi: Wohl denen, die meine Wege bewahren. Er het aafenglich über ds menschlich Wohlverhalte gredt, ischt naadinaa uf d Versuechig überggange u het bildhaft daargstellt, was dene waartet, wo uf Abwäge graate: Gwüssensbissa, Angscht, Müesaal, Verdammnis. Für sy Predig abzrunde u ra mee Gwicht z gee, ischt er vo der Sündhaftigkiit umhi uf e tugethaft Läbeswandel zruggcho u het über di göttlichi Offebarig prediget, wo dene zuechunt, ‹die reinen Herzens sind. – Amen.›

Nach em Schlusspsalm u nam ertiilte Säge ischt er vo der Chanzel ahagstige, het, ganz gäge sy Gwonhiit, d Chilche sofort dür d Sytetür verlaasse un ischt elenda i ds Pfruendhuus zrugg glüffe. I der Studierstube aacho, het er mit zitterige Fingere der Talar abzoge u zhinderischt im Schaft versorget. Dernaa ischt er müeda a sy Schrybtisch gsässe, het der Chopf i beed Hend gstützt u bekümmeret uf di bevorsteendi Usenandersetzig mit em Kaschtlan gwaartet, mit sym Vorgsetzte, wo ihn uf Grund vo der strenge Predikanten-Ornig sicher net würt schoone. Er cha daas net, o wenn er'sch nu möchti.

D Predikanti ischt i d Studierstube cho u het sich still a Tisch gsetzt. I Gedanke a das schicksalhaft Verhöör het si na mene Schutzeli mit hübschelicher Stimm gfraagt: «Chunt ächt der Lynewäber Schläppi ou?»

Der Predikant ischt ufgstande, zum Fenschter glüffe u het ulydiga erwideret: «I cha ders nid säge! I weiss nid, wie der Herport üse Fall wott i d Finger nä!»

D Frou het där ugwanet hert Ton vo ihrem Maa guet

begriffe un ihm ne net übelgno. Er het sich i de letschte Tage schier hindersinet, het sy ganzi Chraft i ds Schrybe vo der Abschiidspredig gliit u het sich uf der Chanzel genzlich usggee. Er ischt müed, macht sich bitter Vorwürf, gseet i ne schwarzi Zuekunft u wiis weder y no uus.

«Wie wird daas no usecho», siit der Predikant sorgevoll. Er cheert sich langsam gägem Tisch u ferrt gedankeversunke wyter: «Bis jetz bin i e gachtete Maa gsi. D Lüt hei mi gschetzt u sy immer flyssig z Predig cho. Alles isch guet ggange di Jahr düür. I bi fescht im Sattel gsässe u ha ddänkt, i heig hie e Pfruend bis i üser alte Tage. – Jetz wirft's eim ungsinnet oben abe, u me lyt im Dräck. Der Pruef, won i gärn ha gha, wo mer alles isch gsi, isch erlediget. Mit Schimpf u Schand u Spott wärde mer müesse wyterzie – irgendwohi, i ne verpfuschti Zuekunft.» Er stiit es Schutzeli nidergschlage daa. De giit er voller Schuldgfüel zur Frou, liit d Hand uf ihri Aggsle u siit mit schier erstickter Stimm: «Elisabeth, es tuet mer furchtbar leid, dass i dir u üsne Chind das alles ha anegmacht. Dir hättet di Schmach nid verdienet! Du am allerwenigschte! Dass i gstraft wirde, das ghört sech, das isch ir Ornig. Aber dass dir mit mir müesst büesse, das dräit mer schier ds Härz ab.»

D Predikanti gugget zu ihrem Maa uehi un erwideret schlicht: «Mer hei mit dir di schöne u glückliche Jahr teilt u wärde jetz ou di schwäri Zyt hälfe traage.»

Der Predikant nickt müed. Er setzt sich uf ene Stabäle, gugget elenda vor schich hii u siit dumpf: «Es wird mängs z traage gä – un es wird schwäär sy, schwäär, der Hirtestab mit em Bättelstäcke müesse z tuusche.» De springt er uuf, hemmeret mit beede Pfüüschte a d Stirne u stoosst verzwyflet fürha: «Herrgott, warum bin ig, usgrächnet ig, als Predikant! däre tüüflische Versuechig erläge? Warum? Warum?!»

Für em Verzwyflete byzstaa u ne z ermuetige, siit d Predikanti us ihrem feschte Gluuben usa: «Der Herrgott wird scho wüsse, warum mir die Straf verdienet hei. Un ou du wirsch früecher oder später ...» Es Chlopfe a der Gangtür het sa underbroche. Si giit di Tür gan uftue u siit mit hübschelicher Stimm: «Grüessech ihr Here. Chömet, my Maa isch hie inne.»

Der Jaggi u der Tritte trappe tuuch i d Stube u brummlen e Gruess. Der Predikant nickt ne stumm zue, u d Predikanti forderet si zum Sitzen uuf. Der sichtlich häärgnoo Jaggi nimt wortloos nebem Predikant am Tisch Platz, u der Dorfschmiid laat sich schwügsam uf em Sitzofe nider. Es Gsprääch chunt net uuf.

De verchündet d Predikanti: «I gange jetz i d Chuchi» u giit zur Tür usi.

«... ga d Hänkersmahlzyt rüschte», ergenzt der Predikant bitter.

Nach ere churze Stili bschiidet der Jaggi: Är hiigi syr Frou für all Fäll gsiit, si söle mit em Ässe hütt net uf ihn waarte; är wüssi net, wend er hiimechömi. Di guete Lüt hiige nu kii Ahnig, was sii hie vor acht Tage bbosget hiige, u was ne für ne Schand bevorstandi.

Es ischt gsi, wie we der Jaggi i ds Leera usi gredt hetti. Di beeden andere hiin ihru iigete Sorgi u schwüge vor schich hii.

Na mene Schutzeli fraagt der Predikant, ob si der Kaschtlan nu net hiige gsee derhärryte? Der Tritten erwideret ohni ufzgugge: Z Sant Stäffe gangi es strubs Wätter nider. Är wäärdi oppa irgendwo müessen understaa. U der Jaggi eggägnet, där schüchi zwar net graad es Wätter, wenn er an es Ort hii müessi. Das ischt alz gsi. Di dry sy umhi ihru trüebe Gedanke nahiggange ... bis si es Chlopfen a der Gangtür ufgschücht het.

«Ja», rüeft der Predikant.

Di Tür würt langsam ufta. Der Schuelmiischter u der Ufpasser Bratschi tüüssele i d Stube u blybe, ohni e Gruess, bi der Tür staa.

«Da wääre Stüel», murmlet der Predikant.

«Mier isch es net um ds Sitze», weeberet der Buggs. Er chunt zum Tisch, ziet es Secki Tubak under sym halblenge Rock fürha, liit's vor e Predikant hii un erkläärt, är weli das Züg ablifere, bevor ihm's der Kaschtlan beföli. Er macht es Gsicht wie sibe Tag Rägewätter u verziet sich i hindere Stubenegge. Der

Ufpasser het sich wortloos a der Sytewand uf e bbluemete Troog gsetzt.

Mit emene Blick uf ds abgliferet Tubaksecki zischlet der Predikant: «I wett, mer hätte das Chrut nie gseh! Es wäär is mängs erspart bblibe.»

«Ja schier», pyschtet der Jaggi. De isch es i der Stuben umhi still. Dür di offene Fenschter ischt vo wyterhaar es ununderbroches, dumpfs Tondere u Rumple z vernee. Mu het di vormittägliche Gwitter net gääre. Es polet scho syt Stundi, chunt de Bärge naa langsam neeher u wott net ufhöre.

D Frou Predikant steckt der Chopf zur Tür inha u siit mit düner Stimm: «Entschuldigung ...»

Der Predikant lüpft der Chopf u fraagt müeda: «Was isch?»

«Der Flue Peter isch duss u möcht wäg der Beärdigung vo syr Frou mit der rede», meldet d Predikanti. Si wiis, dass si ugläge chunt. Aber Pflicht ischt Pflicht.

Der Seelsorger guggt sy Frou hilflos aa u siit chummervoll: «I ma mit em beschte Wille jetz nid usecho. Füer nen i d Wohnstube u schryb di nötigen Angabe uuf. I wirde d Abdankig ja chuum sälber chönne ha.»

D Predikanti het gnickt un ischt verschwunde. Der Predikant staret e Zytlang uf di zuetaani Tür. De laat er der Chopf hange u presst fürha: «Di Ungwüssheit isch eifach unerträglech!»

«Es ischt eso», süüfzget der muderig Dorfschmiid. «Mu ischt velig chrank u cha u mag nüt undernee.»

«Müed isch me, furchtbar müed!», weeberet der Predikant. «Müed vo de quälende Gedanke u müed vom nid chönne schlafe.»

Di andere hii nüt gsiit. Ejeda chätschet am iigete Chummer. Im hindere Fenschteregge angschtet der Dorfschuelmiischter um sy Stell, der Tritte hindersinet sich uf em Sitzofe, der Ufpasser ischt uf em Troog am Trüebsaal blaase u der Jaggi sitzt chummervoll nebem verzwyflete Predikant am Tisch. Hin u wider ghöört mu der iint oder ander pyschte. De isch es umhi still, ugmüetlich still. Mu waartet uf e Kaschtlan, wo scho lengschte sölltti da sy.

E Blitz, e Tonderschlag un es luts Tondere laasse di Verengschtigete la zemefaare. Ab alem Chrachen u Rumple faat's aa wätteren u schütte. Der Buggs giit d Fenschter ga zuetue u verziet sich umhi i sy Egge.

Wider e Blitz un es Chrache, wyter ewägg dasmaal u weniger lut. Räge schmiizt a d Fenschterschybleni, stooswys, i churze Abstende bald mee, bald weniger.
– De drööne vier hert Schleeg vom Türchlopfer dür e Husgang.

«Jitz chunt er!» rüeft der Ufpasser, u der Buggs hornet glychzyttig: «Der Kaschtlan!»

Der Jaggi ischt ufgschossen u hüschteret mit syr lute Befählshaberstimm: «Chömet a Tisch cho sitze! Su sy wer binenandere!» Der Tritte chunt schleunig vom Ofen aha u setzt sich a Tisch. Aber der Dorfschuelmiischter u der Ufpasser blybe wo si sy. All gugge voller Unbehage gäge di Tür. Jitz gilt's de! Jitz müesse si sich für ihri Schandtat verantworte! – un uf ds Schlimschta gfasst sy!

Si ghööre Schritta im Gang, Schritta, wo neeher chöme! U si ghööre d Frou Predikant chlylut säge: «Weit Der so guet sy.»

Di Tür giit uuf ... de zäberlet der Lynewäber Schläppi a der Predikanti verby i d Stube. Er blybt strahlend staa, macht zu alem Überfluss e Chratzfuess u spöttlet: «Grüessgott, di ehemaligi Ehrbarkiit!»

Di Tubaksünder sy genzlich dürenandere. Si stare uf e Lynewäber u bringen ekiis Wort fürha, net emal der Jaggi, u o net der Buggs, wo sy Lafere süscht in allem ina het.

Voller Schadefrüüd betrachtet der Lynewäber di etriiseti Gsellschaft u siit mit emene höönische Lächle: «Es ischt hie ina weniger gmüetlich als vor acht Tage.» Das het ihm von ale Syte haar böös u hässig Blicka ytraage. Aber di tüen ihm net wee. Er stolziert i der Stube umenandere un erkläärt wichtigtuerisch: «Der Herr Chaschtlan het mich uf hütt hiehaar befole.»

«So», macht der Predikant ulydiga.

«Ich würde teech müessen Uskunft gee», pralaagget ds Schläppeli u ferrt betoont wyter: «über das miserabel, abschüwlich, schendtlich u sündhaft Tubake vom letschte Suntig! – im Pfruendhuus!!»

Di sündige Chorrichter müesse das Gspött über

schich lan ergaa un ahiwürgge, ohni im gringschten öppis dergäge chöne z tue.

«Ier wäärdet oppa usgrichteret ha», stichlet ds Schläppeli wyter.

«Vilicht würscht jitz de duu Chorrichter», presst der Dorfschmiid hässig fürha.

«Das chunt eh wa net scho dä Vormitaag uus», schmunzlet der Lynewäber. De ziigt er gäge Bratschi u walschtet: «Letschta Suntig hescht duu als Ufpasser gredt, un ich bi chlyna worde. U hütt reden ich als sozsäges schiergar Ufpasser u duu würscht chlyna.»

Der Bratschi mues sich zemenee, dass er dä Pralaaggi net am Chrage packt u vor d Hustür usistellt, für ne looszwäärde. Aber das tarf er net. Das schadefrüüdig Suwmandli ischt leider als Züge ufbotte, u mu cha sich vorstele, wie gnüsslich de där ihra Fehltritt dem Kaschtlan erzellt.

Der Lynewäber het sich uf en Ofe gsetzt, wie wen är hie dahiime wee. Er betrachtet di zemegstuuchti Herrlichkiit u faat aa predige: «Es giit mengischt merkwürdig uuf un ab im Läbe. Da würt gelbögelt u ghälslet, bis mu obenuuf ischt. De füelt mu sich über alem erhabe u miint, es mögi grad alz erlyde! Mu würt übersüünig, etschlipft, säderet oben aha un erwachet im pfudlischte Dräck!»

«Es tuet's den oppa!» päägget der Buggs blindwüetig. «Süscht chlöpft's de», drööit er.

«Soo», höönt ds Schläppeli, «das hescht du mer

scho iinischt gsiit. Vor acht Tage, bevor wier verurtiilt sy worde. – Jajaa», nickt er, «es het du gchlöpft, letschte Suntig, miserabel gchlöpft, für zwenzg Chrooni un e kabutti Tür! Aber hütt, won ier draachömet, git's de nuch vil der miserabler Gwaltsdonderchlapf! Iina, dass ds ganz Dörfi erchlüpft! u ds ganz Tal uflost!»

Der Tritte gstiit das booshaft, rachsüchtig Gwalscht netme uus. Er schiesst uuf u würgget fürha, är gangi ga gschoue, ob der Kaschtlan aarücki.

«Ich chume mit der!» rüeft der Ufpasser u hässelet gägem Schläppeli: «Där badet u pluuschteret sich in üüsem Elend wie ne Spatz im Straassestuub!»

Der Lynewäber gugget de beede lächeriga nahi, bis si zur Tür usi verschwunde sy. De stichlet er zu de Zruggblibene gnüsslich wyter: «Jaja, ier abgsattlete Here, es ischt elend ugmüetlich, we mu mit schlächtem Gwüsse uf e Richter u d Verdammnis waartet. Es ischt iim neena wohl. Mu möchti sich i Grund u Boden ahi verschlüüffe. Mu macht sich Vorwürf, het Angscht, u schemt sich! Es ischt iim hundsmiserabel zmuet! hundsmiserabel!!»

«Häb jitz iinischt dy uverschanti Laferiggosche!» brüelet der Jaggi.

«Regt's dich uuf?» tüderlet ds Schläppeli. Es freut sich über d Tüübi vom Dorfgwaltige u vor alem über sys unütz Ufbegäre. Hähä, jitz ischt är am Zuug! Jitz chlöpft är mit der Giisle, u di mehbessere Dorfhere u

Richter müesse dasmaal der Puggel daarhaa. Er ischt eso schöön im Chut gsi u het wele wytergifte, aber d Predikanti steckt der Chopf zur Tür inha u siit: «Entschuldiget no einisch.»

«Was isch scho wider?» fraagt der Predikant müed.

D Frou gugget ne bekümmeret aa u meldet: «Der Sigrischt isch dusse u seit, es syg es Froueli da, wo me na der Predig hätt sölle i ds Halsyse tue.»

«Herrschaft», etfert's dem erchlüpfte Predikant. Er schlaat sich a d Stirne, u der Jaggi siit: «Das ischt d Büel Gryt, wo wer am letschte Suntig zu drije Stundi Pranger verurtiilt hii!»

«Äbe jaa», weeberet der Seelsorger velig dürenandere. «I ha sen i mym Eländ inne ganz vergässe.»

«Laat sa la springe!» chreeit der Schuelmiischter us sym Egge fürha.

«Netgradganz!» hornet der Lynewäber. «Di mues ihri Straf haa, wie sa ander Lüt ooch ghäbe hii – u dernaa Here wäärde haa!» betoont er.

Der Predikant het sich dem Gwaschel nüt gachtet. Er betrachtet sy Frou u siit versöönlich: «Gib eren es Täller Suppe. U nachhäär söll se ...»

«Es Täller Suppe, jawoll», pralagget ds Schläppeli.

Der Seelsorger würft ihm en ulydiga Blick zue, iina, won ihm sölti z verstaa gee, dass är hie nüt dryzrede hiigi. De ferrt er mit hübschelicher Stimm zu syr Frou wyter: «... u nachhäär söll se der Sigrischt bis am halbi zwöi i ds Yse tue.»

«Jawoll, bis am halbi zwüü!» gaagget der Lynewäber nuch umhi.

«Schwüg jitz!» brüelet ne der Jaggi aa u chlopfet uf e Tisch. Ds Schläppeli ischt erchlüpft u het sich für e Moment still ghäbe.

«U no öppis», ferrt der Predikant zu syr Frou wyter: «Bis so guet u säg de no, si chönn nachhäär zu üüs trocheni Chleider cho aalege.»

«Ja, gärn», erwideret d Predikanti. Si ziet sich zrugg, für di Uftreeg gan uszrichte.

Der Jaggi gugget der Predikant leng aa u fraagt verwundereta: «Ier wiit der Büel Gryt troches Gwand aabiete?!»

«Ja.»

«Der Gryt? wo usgrächnet Euch eso schamloos verläschteret u verbrüelet het!» understricht der Jaggi.

«Das tuet jetz nümm zur Sach», siit der Seelsorger. Er stiit uuf, giit zum vordere Fenschter u gugget gedankeversunke i ds Gwitter usi. Es wätteret u schüttet wie us Chüble. Der Wildstrubel u d Bärga zringsetum sy chum z gsee. Schweersch grauschwarzes Gwülch lyt über em Talchessel. Blitza fahre nider oder schiesse vo Wulke zu Wulke, bald hie, bald dert. Es ruuschet u prasslet; un es chlöpft u chrachet u rumplet in iim furt ...

Der Jaggi het sich gägem Lynewäber gcheert u het von ihm wele wüsse, wem är alz von ihru Tubake prichtet hiigi.

«Ich ha dem Herr Predikant versproche, dass ich bis zu euer Aburtiilig zu kiim Mentsch öppis wäärdi säge. Un ich ha gschwüge.»

«Dyr Frou hescht nüt gsiit?»

«Erscht grad vorhi.»

«So? U jitzen isch schi mit där Nüjikiit sofort uf d Riis?»

«Hm, das ischt imel hütt, wonn er iinewääg z Höll fahret, glych, ob's nuch es par Zueschouer mee gäbi.»

Der Predikant cheert sich gägem Lynewäber u siit i mene liecht vorwurfsvole Ton: «Dir heit mir aber versproche, bis nach der Verurteilig z schwüge.»

«Bis zu, Herr Predikant, bis zu der Aburtiilig. U dia faat jitz de jeda Uugeblick aa!»

Der Predikant siit mit emene Würggen im Hals: «Dir hättet sölle waarte, bis – bis üses Urteil gsprochen isch.»

«Bhüetis, ds Züseli cha nütme verderpe! Das git iinewääg e Huuffe Lüt, we si mit em Armesünderchare vor em Pfruendhuus vorfahre.»

Der Buggs schiesst zeme u fraagt bliicha: «Was ischt mit em Armesünderchare?» U der Predikant wott wüsse, ob der Kaschtlan eso öppis aagordnet hiigi.

«Das würt sich alz wyse», pralaagget der Lynewäber. «Hiit doch echli Geduld! Oder möget er oppa schier net gwaarte, bis ...»

D Gangtür flügt uuf, der Tritten u der Ufpasser

stürmen i d Stube u rüefe usser Atem: «Der Kaschtlan!»

«Achtung, jitz ähä», frohlocket ds Schläppeli.

Der Ufpasser het di Tür hinder schich zuegstüpft u chychet: «Er het ds Ross bim Würtshuus dem Stallchnecht übergee u stiflet ds lenge Schritte dem Pfruendhuus zue!»

«So, ier Here», grinset ds Schläppeli schadefrüüdigs u tüderlet: «Jitz chömet ier a d Reije!»

Der Predikant luuft ufgregta i der Stube umenandere. Höflichkiitshalber müessti är jitz der Kaschtlan bir Hustür ga in Empfang nee. Das ghöörti sich. Aber är fürchtet sich vor em erschten Aaputsch u wiis net rächt, was er soll. De verchündet er zwungenermaasse: «I gangen ihm der nass Mantel ga abnäh», u schuenet zur Tür usi.

Der Jaggi gugget vom iinte zum andere u hüschteret: «Standet doch net eso vertatteret i der Stube desumha! Chömet zum Tisch! Es macht sich besser un ischt aastendiger!» Der Tritte setzt sich wortloos umhi a sy Platz. Aber di andere tüe kii Wank.

«Hiit er ghöört!» ermahnet si ds Schläppeli grooshansig vom Ofen aha. Aber mu het sich sym Tribeliere nüt gachtet. Der Buggs brummlet im hindere Stubenegge, är hiigi hie mee Wyti. U der Ufpasser lost bi der Tür iisderdaar i Gang usi.

Der Jaggi stiit ungeduldiga uuf u futteret: «Tuusigwätter, Kobi! Johannes! chömet jitz entlich!»

«Wier sy ja daa! Was woscht de nu mee?» tschäderet der Buggs. «D Huuptsach ischt doch schliesslich un am End, dass wier ...»

«Si chöme!» rüeft der Ufpasser u verziet sich schleunig zum Schuelmiischter i hindere Stubenegge. Der Jaggi het sich uverrichteter Dinge umhi gsetzt, un all gugge verengschtiget gäge di Tür.

Si ghööre der Predikant im Gang ussna säge: «Mer sy da inne.» Drufahi der Kaschtlan: «So? – Guet. Danke.» Di Tür giit uuf, u der Kaschtlan chunt mit feschte Schritten i d Stube; hinder ihm der tuuch Predikant.

«Gottwilche Herr Chaschtlan!» tüderlet ds Schläppeli uflichs.

Di andere grüesse bedütend stiller.

«Grüessgott», erwideret der Kaschtlan. Er gugget hurtig i der Stube umenander u siit churz aabbunde: «Es sy alli da: di Here Richter, der Ufpasser Bratschi, und der Lynewäber – wien i aagordnet ha.» Ohni wyteri Erkläärig befilt er mutz: «Herr Predikant, syt so guet und gäbet mer ds Chorgrichtsmanual!»

«Ja – gärn, Herr Kaschtlan», siit der Predikant mit düner Stimm. Er giit zum Schrybtisch, nimt ds Sünderegischter fürha, suecht ufgregta di letschti Ytraagig un übergit ds offe Buech dem Kaschtlan. Där giit wortlos mit em Manual zum vordere Fenschter, het di ufgschlageni Syte guet i ds Liecht u faat aa läse, stumm u ohni e Mine z verzie. De blletteret er i de Syti, list hie öppis, dert öppis, u bletteret umhi wyter. I der demmerige Stube isch es ugmüetlich still. Di Tubaksünder laasse d Chöpf hange u waarte lengerschi verengschtigeter uf ds Verhöör vom sichtlich erbooste Kaschtlan un uf ihri Aburtiilig. E grela Blitzstrahl un es luts Tondere laasse der Kaschtlan churz ufgugge. De schlaat er en anderi Syten uuf u list wyter.

Der Lynewäber würt ungeduldiga u drenglet: «Wier söllte teech oppa aafaa, Herr Chaschtlan.»

Där gugget verwundereta uuf u macht: «Soo?»

«Jaa», lächlet ds Schläppeli. Es rybt gschäftig d Hend u verchündet wichtigtuerisch: «Ich ha d Malefizer aafen echli seelisch vorbereitet!»

«Sosoo. Dir heit ne also scho ds Büessergwand aagleit?»

«Ich ha nes bloos aafe vo wytem ziigt.»

«– – Eues?»

«Niinii! – ihres!»

«Aha, und Eues heit Der scho i Schaft ghänkt.»

Der Lynewäber verwürft d Ärmleni u tüderlet schynheilig: «Wäägerli wääger net, Herr Chaschtlan! Ich lege's all Tag aa – u ha's ooch hütt ande.»

«Hoffentlech. Eso nes tüürs Gwand wirft me nid scho nach acht Tage zum alte Grümpel.»

«Der Tuusig nii, Herr Chaschtlan, der Tuusig nii», pflichtet ihm ds Schläppeli by u lächlet ihm fründschaftlich zue. Es giit ihm vor alem drum, de Verengschtigete z ziige, wie guet är mit em Schlossheer uschunt.

Anstatt das fründschaftlich Verheltnis z erwidere, schlaat der Kaschtlan ds Buech zue, gugget zu de Vorgladene u verchündet streng: «So, mir wei aafaa. – Sitzet zum Tisch!» Der Predikant het oben am Tisch d Stabäle zwääggschobe u siit: «Herr Kaschtlan!» Aber där winkt uwirsch ab. «Nei danke. I bi rasch gritte und stande lieber. Sitzet Dir grad dert druuf! – Und der Buchs sitzt näbe Tritten! Der Bratschi geit unden a Tisch! Und Dir, Lynewäber, blybet vorderhand uf em Ofe.»

«Jawohl, Herr Chaschtlan», lächlet ds Schläppeli.

Der Kaschtlan stapfet es parmaal gwichtig un i Gedanke versunke i der Stube hin u haar. De blybt er staa, betrachtet di Straffelige u hemmeret vorwurfsvoll uf si y: «Myni Here! I hätt vor acht Tage nid ddänkt, dass mer hütt scho ume, und under derige ungfröiten Umschtänd, müesste zämecho. – Der Lynewäber Schläppi ...»

Där springt vom Ofen aha in e Achtigstelig u meldet: «Hie!»

«Scho guet, i weiss'», winkt der Herport ulydig ab. Er macht es par Schritta u redt wyter: «Der Lynewäber Schläppi het mir am letschte Suntignamittag e Botschaft überbrunge, wo mi und der Ratsherr von Erlach wie ne Blitz us heiterem Himel troffe het! Mer hätte di Message nie und nimmer gloubt, we nid eui

Underschrifte drunder stüende. A der Ächtheit vo dene Namenszüüg beschteit ke Zwyfel. Trotzdäm ha nech z fraage, ob di unghüüre Anschuldigunge tatsächlech stimme?!»

Der Jaggi brummlet ohni ufzgugge: «Es ischt eso.» Der reumüetig Predikant pyschtet: «Ja – leider.» Der Tritten u der Buggs murmlen öppis Uverschtentlichs. Der Bratschi nickt stumm, u ds Schläppeli hornet: «Alz stimmt haargenau, Herr Chaschtlan!»

«Es isch also doch Tatsach», siit der Herport gwichtig.

«Jawoll, purlutteri Warhiit!» räägget ds Schläppeli schadefrüüdigs.

Der Kaschtlan git ihm mit emene stächige Blick z verstaa, dass är z schwüge hiigi. De redt er i strengem Ton zu den Überfüerte wyter: «Dir heit vor acht Tage als achtbari Manne und Richter zwee Tabaksünder verurteilt ... und drufabe däm gottvergässene Laschter sälber gfröhnt!» Na där Aachlaag schmetteret er böösartig uf si y: «Dir heit nid blooss es Gebott überträtte! – Dir heit ds obrigkeitleche Vertroue missbruucht! – Dir heit eui Achtbarkeit em Tüüfel verschribe! – Dir heit d Ehrbarkeit i Dräck abe zoge!»

Di Hieba sy gsässe. Di Schuldige hii bi jedem Satz d Chöpf ging tüüfer voorahi ghäbe. Si sitze niderprätschet u verengschtiget daa u bringen ekiis Wort fürha. Net emal der Lynewäber waagt öppis z säge.

Der Kaschtlan macht es par Schritta, blybt staa u wätteret mit luter Stimm gäge Tisch: «Wie söll eues schändtleche Gebahre bestraft wärde? – Weli Züchtigung wird däm sündhafte Tue gerächt?»

Di beelendete Tubaksünder schwüge vor schich hii.

«Vor alem müesse si ds Richteramt ablege!» hornet ds Schläppeli.

Der Kaschtlan würdiget ne mit kiim Blick. Er ziet es zemegrolets Papyr us sym Rockbuese, chlopfet dermit es parmaal uf di linggi Handflechi un erkläärt i scharfem Ton: «Di Gnädige Here z Bärn hei sech mit där niderträchtige Tabakangelägeheit ds längem u ds breitem befasst. Und si hei mir di beträffendi Wysung zuegstellt.»

D Übelteeter sy erchlüpft. Dass sich d Obrigkiit z Bärn mit ihrem Fall bschäftiget het, ischt für sii e schuderhafta Brätsch. Si hiin ihri allerletschti chlyni Hoffnig endgültig ufggee. – Jitz sy si erlediget, als Chorrichter, als Predikant un als Schuelmiischter. Es ischt ne miserabel zmuet, hundsmiserabel, ganz eso wie ne der Lynewäber voruusgsiit het.

Der Kaschtlan het di obrigkiitlichi Wysig mit usgstrecktem Arm uuf u verchündet: «Es steit allerhand drinn, myni Here! D Obrigkeit het ganzi Arbeit gleischtet! Si het radikal ufgruumt! Und i mues säge, es isch rächt eso. I hätt i dere Sach ou nid anders chönnen entscheide.» Er giit zum Tisch, streckt ds Dokument dem Predikant eggäge u siit mutz: «Da isch di obrigkeitlechi Verordnung. Der Predikant söll ech das Schrybe abeläse.»

Där nimt d Wysig mit zitteriger Hand eggäge, pyschtet schweer, rolet ds Papyr usenandere u list mit usicherer, halb erstickter Stimm:

«Geht an alle deutsch und welsch Amtlüt, Freiweibel und Ammann. Item per Zedul an alle Zunftstuben ...» Er underbricht di lengfädigi Aareed u gugget erchlüpfta zum Kaschtlan uehi.

Der Herport nickt: «Es isch eso. Die Botschaft isch zur allgemeine Bekanntmachung bereits an alli bärnische Landschafte und untertane Gebiet ergange.»

«De wiis mu's ja scho vom Genfersee bis in Aargou ahi!» trumpeetet ds Schläppeli u giftet: «Un iich ha müesse schwüge.»

«Läset wyter», befilt der Kaschtlan dem Predikant.

Där list wyter: «... an alle Zunftstuben, Schultheiss, Rät und Burger der Stadt Bern.» Er macht e Pouse, schöpft Atem u faat verengschtiget mit em Tägscht aa. Es töönt schitter u d Wort chömen ihm nume langsam über d Lippi:

«Gleichwie unsere bisharigen Einsehen und Verbott so wir wegen des Tabakgebrauchs aus getrüwer Sorgfalt für das Beste unserer lieben Angehörigen und Underthanen ergehen liessen, also hättend wir billich erhoffen und erwünschen mögen, dass denen Verbotten gehorsame Folge beschehen worden wäre. Indeme aber die Erfahrung wieder bezeugen thut, dass dieser Zweck bisshar nit erhalten werden mögen, sondern dessen vielfältig missbraucht wird.» Der Predikant süüfzget, wüscht der Schwiis vo der Stirne u list mit grosser Müei wyter: «Also haben wir – in Wahrnehmung der dissmaligen Zeitleuffen – gutfunden – gutfunden – unser Verbott – und – – Ordnung ...» Er ischt syr Stimm netme mächtig u chunt i ds Stocke.

«Wyter, Herr Predikant», drenglet der Kaschtlan.

Aber där ischt am End vo syr Chraft. Er liit ds Schryben ab u siit: «I bi nid – imschtand – mys Urteil – sälber abezläse.» Derby gugget er der Herport hilfloos u verengschtiget aa.

«Wott vilicht eine vo den andere Tabäkler wyterfahre?» fraagt der Kaschtlan. Aber ooch dene isch es schuderhaft elend zmuet. Si gugge net emal uuf. Un es meldet sich ekiina.

Der Kaschtlan überlaat si absichtlich ihrem brandschwarze Chummer. Er liit d Hend uf e Rügg, wippet mit de Stifelabsetze e Zytlang uuf un ab u betrachtet vergnüegt di arme Sünder. De hört er mit em Gygempfelen uuf u siit mit emene spitzbüebische Lächle: «Myni Here – um's churz z mache, di Sach isch eso ...»

Er lachet lut usi u verchündet: «Ds Tabakverbott isch *ufghobe* worde!!»

D Sünder schnele d Chöpf uuf u stare mit wyt offenen Uuge spraachloos gägem Kaschtlan.

Na mene Schutzeli fraagt der zemegstuucht Tritte vorsichtig u schüüch: «Stimmt daas?»

«Jawohl», nickt der Kaschtlan beluschtigeta gäge di Überrumplete. «Es stimmt!» dopplet er nahi.

Langsam begryfe si di Nüjikiit un ihri ganzi Bedütig. Ds Elend verflügt u giit i nes früüdigs, luts Lachen über. Der Tritte chlopfet dem glückseelige Jaggi übermüetig uf d Aggsle; der Bratschi springt uuf, dass d Stabäle hindertsich umtroolet; nebezuehi chnütschet der Dorfschuelmiischter iisderdaar uf e Tisch u gröölet, sy Früüd müessi a menen Ort usi! Di Überglückliche sy ganz zum Hüsli uus u lachen u waschle vergnüegt dürenandere.

Inzig der Predikant ischt mit sym Elend nu net fertig worde. Er ischt z tüüf drinde u cha di Frohbotschaft iifach net chopfe. Uglüübig gugget er zum Kaschtlan uehi u siit zwyflerisch: «... uf-ghobe?»

«Jawohl, ufghobe und abgschaffet!» lachet ihm der Herport zue.

«Abgschaffet – syt wenn?» fraagt der Predikant zaghaft.

«Scho syt em vorletschte Mittwuch!» strahlet der Herport.

I di trurigen Uuge vom Predikant chunt e Hoffnigsschimmer. Sys chummervoll Gsicht etspanet sich langsam, es überchunt e früüdiga Usdruck, un er siit: «De heisst ja daas –»

«Jawohl», hilft ihm der Herport wyter, «das heisst,

dass dir für eues Tabake rächtlech gar nümm chönnet bestraft wärde.»

«Gott sei Lob u Dank», macht der Predikant u schnufet erliechtereta uuf. De gugget er glückseelig zum Kaschtlan u fraagt, wie de di Ufhebig eso plötzlich zstand cho sygi.

«Zu däm chöme mer grad», erwideret der Herport. Er cheert sich den andere zue u rüeft: «Myni Here! E Momänt no!» Er waartet, bis ds Gwaschel am Tisch verstummt u ferrt wyter: «I ha no nid ganz z Bode zigeret. I sött ech z wüsse tue, wien es zur Ufhebung cho isch, und wie's wytergeit.» Er macht e churzi Pouse, gugget vom iinte zum andere u faat aa erzele: «Es isch eso: – Di Gnädige Here und Obere hei ändtlech ygseh, dass ds Tabakisiere eifach nümm länger unterdrückt cha wärde. Für mit em Volk nid z fasch i Konflikt z cho, hei si dä füfzgjärig, ussichtslos Kampf ufggä. Das heisst, si hei d Waffe no nid ganz gstreckt! Das überuus begährte Chrut darf vo jetz ewägg im ganze Bärnbiet öffentlech verchouft wärde, aber ds Rouke und Schigge wird bestüüret. Eso isch allne gholfe. Mir bruuche nümm der Bölimaa z mache, ds Volk het d Luschtbarkeit ...»

«... u d Staatskasse strycht d Gebühren y!» lachet der Dorfschuelmiischter umhi groossa.

«Grad prezis eso isch es», pflichtet ihm der Herport beluschtigeta by.

«Guet u rächt», bschiidet der Tritte. «Wier wii vor

alem froo sy, dass jitz de d Jagd na de Tubäklere un ihri Verurtiilig es End nimmt.»

«Jawoll», chreeit der Schuelmiischter, «un ooch froo, dass mu vo jitzen ewägg es Pfyffli cha rüüke, ohni es schlächts Gwüsse müesse z haa! Das ischt bim Tonder eso ne Gebühr wärt!»

Der Predikant het dem Fluechi e vorwurfsvola Blick zuegworffe. Aber där het daas net gmerkt.

Der Jaggi gugget d Ufhebig vo der praktische Syten aa u wott vom Kaschtlan wüsse, wie hööi di Tabakstüür sygi? u wie si de ghandhabt wäärdi?

«Das steit alles im Tabakmandat», lächlet der Herport. «We nech ds schlächte Gwüsse nid eso unerchant plaaget hätt und der Herr Predikant oder eine vo euch no nes par Sätz wytergläse hätti, so wäret der ganz vo sälber druuf cho. Aber vilicht isch der Herr Predikant jetz ume imschtand, wyterzläse?»

«I gloube, jetz wird's gah», verchündet der Seelsorger uflich u munter. Er nimt d Verornig zur Hand, suecht di underbrocheni Stell u list langsam, interessiert wyter: «...Also haben wir in Wahrnehmung der dissmaligen Zeitleuffen gutfunden, unser Verbott und Ordnung dahin zu erleutern, dass wir den gemässigten Gebrauch des Tabaks, so fere solches nit an offentlichen Strassen und allen füwersgefehrlichen Orthen geschiehet, zugelassen. Dargegen aber verordnet haben wollend, dass von einer jeden raukenden oder schnupfenden Person zu Stadt und Land jährlich ein Pfund bezogen werden solle.»

«Es Pfund! Haha, das macht ja net emaal e halbi Chroone! un ischt ring z verschmeerze!» würft der Buggs y.

Der Predikant list beharrlich wyter: «Falls Eint oder ander Rouker oder Schnupfer das jährliche Pfund zu bezahlen sich weigeret, dennoch beim Rouken oder Schnupfen angetroffen und überfüeret wurde, dass dennzumalen ein solcher mit einer Buss von zehen Pfunden unnachlässig gestraft werden solle.» Der Seelsorger gugget uuf u siit: «Da hei mer's also.»

«Jaa», nickt der Jaggi.

U der Ufpasser miint: «Es müessti iina e Lööl sy, wenn er'sch zu dene zähe Pfund Puess laat la cho. Ejeda wo Früüd am Rüüke het, zallt doch gäären es Pfund Gebühr zum voruus! De ischt er putzta u gstreelta!»

«Sowiso», chreeit der Schuelmiischter u walschtet: «Das hette si mytüri scho vor mengem Jahr eso söle gattige!»

«Mer wei alli froh und dankbar sy, dass dä Beschluss no di vorderi Wuche het yne möge», ermaanet ne der Kaschtlan.

«Ja schier», pflichtet ihm der Jaggi by.

Der Lynewäber gumpet vom Ofen aha, tenzerlet zuversichtlich zum Kaschtlan u fraagt, wie's de mit ihm u Züseli sygi. Der Herport betrachtet ne es Schutzeli, wiigget der Chopf hiin u haar un eröffnet ihm: «Eui Sünd blybt leider e Sünd. Und Eui Buess mues leider, leider zalt wärde.»

«Soo?» räägget ds Schläppeli u schnederet füürtuubs: «Di Groosse packt ... eh, di Chlyne packt mu u di Groosse laat mu springe! Das ischt ging eso!»

«Nei Lynewäber, das isch nid immer eso», git ihm der Herport zrugg. «Und es wird ou dasmal nid ganz eso sy. Für daas bin ig Ech guet.» Er laat der Ufbegäri staa, liit d Hend uf e Rügg u luuft gedankeversunke i der Stube umenandere.

Ds tuub Schläppeli ischt umhi uf en Ofe gsässe. Es laat d Mulegge la hange u brummlet enöjis vo schööne Worte.

Der Kaschtlan nimt ihm daas net übel. Er macht e wytera Gang, de blybt er vor em Tisch staa, überliit e churza Moment u siit: «Here Richter und Ufpasser. Dir heit vor acht Tage no nid gwüsst, dass ds Tabakverbott ufghoben isch. Folglech heit dir es vermeintlechs Mandat missachtet und gsündiget, genau glych wie der Lynewäber und alli andere. Der Lynewäber und sy Frou sy mit zwänzig Chrone bbüesst worde. Dir chömet hingäge nid a Galge. Ergo beschteit da en Unglychheit. – Für das Privileg ufzhebe, machen i der Vorschlag, dass ejede vo nech em Lynewäber drei Chrone ushändiget. De blyben ihm und syr Frou zämethaft nume no füf Chrone ufztrybe und di kabutti Tür z flicke. – Isch me eso yverschtande?»

«Jawoll», bschiidet der Dorfschmiid.

Der Jaggi meldet groosszügiga: «Ich übernime zähe Chrooni.»

«Un i der Räschte!» rüeft der glückseelig Predikant.

«Halt, halt!» drenglet der Ufpasser, «ich wollt ooch öppis zale!»

«Un iich ooch!» chreeit der Buggs äbeso frygäbiga.

«Donnerli, donnerli», lachet der Herport u schmunzlet gägem Lynewäber: «Gseht Der, wie die buessfertig sy!»

«Jawoll, Herr Chaschtlan», grinset ds Schläppeli u strahlet über ds ganz Gsicht.

«I ha sen absichtlech acht Tag lang ihrem Eländ überla und la schmore, wil ne e derigi Straf ghört het. Und jetz strytte si sech sogar um Eui Buess! – Syt Der jetz zfride, Lynewäber?»

«Oppa schier, Herr Chaschtlan, oppa schier! Sövel tifig bin ich nu nie zu mene süttige Huuffe Gäält cho! – Hähää. Jitz feelt mier nume nuch ds Tubakpfyffli! De weeri alzen umhi i schööschter Ornig.»

«Da isch jetz leider nütme z welle», würft der Predikant y.

«Soo? – Wärum de net?» wetti ds Schläppeli wüsse.

«Wil das Züg im Bschüttloch verschwunden isch.»

«Sosoo», lächlet der Herport zfride. «Janu, das isch

Ech ja befole gsi. Aber wäge däm wei mer d Chöpf jetz nid ume la hange!»

«Netgradganz. Der Herr Chaschtlan het vollkome rächt», tüderlet ds Schläppeli u verchündet: «Das Pfyffli cha mu umhi riiche, we niemer nüt dergäge het.»

«Waas?!» rüeft der Herport entsetzt. «Dir weit Eui Pipe dert ga usefische?!»

«Bhüetis jaa, Herr Chaschtlan, bhüetis jaa. Di ischt scho z finde», schmunzlet ds Schläppeli. «Ich ha sa vor emene Monet ooch dert griicht.»

«He?» macht der Ufpasser u schiesst uuf, «di Pfyffe, wo wier hii ... Du bischt e Suwniggel!» pülveret er gägem Lynewäber u verziet sich aagwidereta zum vordere Fenschter. Der Buggs wüscht mit em Handrügg ds Mull u siit lengzoge: «Wäää.» Der Tritte schüttlet's vor Abschüw, der Predikant rümpft d Nase, der Jaggi macht e schützlichi Grimasse u byferet: «Pfidihuss».

Ds Schläppeli schiesst vom Ofen uuf u giftet gägem Dorfgwaltige: «Wärum pfidihuss?»

« – us der Bschütti», gaagget der Bratschi aagekleta vom Fenschter haar.

Der Lynewäber treeit sich blitztifig gägem Bratschi u veranteret ne: «us der Bschütti, us der Bschütti. – Di Bschütti ischt de vom Herr Predikant!» wyst er ne zrächt.

Am Tisch würt über di Ehrerwysig usgibig

gschmunzlet u gwitzlet u glachet. Mu macht dem Predikant sogar Komplimenti. Aber ds Schläppeli achtet sich dessi nüt. Es gugget gringschetzig gägem Bratschi, macht es verächtlichs Gsicht u schnöödet: «Us dym Bschüttloch hetti's de scho net griicht!»

«Es tuet's, es tuet's», rüeft der Herport guetmüetiga. De gugget er gäg em Seelsorger u ferrt mit emene spitzbüebische Lächle wyter: «I schetze der Herr Predikant von ere ganz andere Syte. Er het nämlech i sym Chäller e Tropfe, won ihm schynt's einschtwyle no nid usgeit.»

«O entschuldiget, Herr Kaschtlan», lächlet der Predikant. Er stiit tifig uuf u versicheret: «Dir müesst mi nid zwöimal a my Gaschtgäberpflicht erinnere. Hütt scho gar nid!»

«Begryflech», nickt der Herport. Er tippet ihm mit em Ziigfinger uf d Bruscht u befilt: «Aber zeersch ganget Dir jetz Euer Frou ga säge, dass Der ds Zügelfuerwärch nid nöötig heiget.»

«Gärn, Herr Kaschtlan, no so gärn!» strahlet der Predikant. Er traabet ab u rüeft scho under der Gangtür: «Elisa...»

«Ou!» brüelet öpper im Gang ussna uuf.

Der Predikant stolperet es par Schritta hindertsich zrugg, rybt d Stirne u huchet erchlüpfta: «Entschuldigung.» De schuenet di Züsa mit der Schlymguttere i der Hand zur Tür inha u bugeret. «Chascht de du naadischt net besser ufpasse, du sündiga Himelgueg.»

Der Predikant ischt im Gang verschwunde, u di Züsa stiit inzig under der Tür.

«Was weit jetz Dir?» suret sa der Herport zimlich verergeret aa.

«He, cho gschoue wien Ier mit dene schynheilige Malefizere ...»

«Still Züseli! Es ischt netme eso!» underbricht ses der Lynewäber u macht ihm Ziiche, dass äs söli schwüge. Aber ds Froueli achtet sich dem Mandli nüt. Es gugget um sich, schuenet i Gang zrugg u tschäderet: «Wo ischt jitz där sündhaft Seelechreemer hii verschwunde?»

«Züseli! Su los doch!» bättlet ds Mandli.

«Si söll da yne cho!» befilt der Kaschtlan ulydiga un überliit, wien är das Zwaschpliwybervolch am tifigschte looswürt.

«Ghöörscht Züseli! Der Schlossheer verlangt dich!» chöttet der Lynewäber.

Das het du bschosse. Ds strytbar Froueli ischt zum Herport traabet u het dienschtfertigs gmeldet: «Da bin ich, Herr Komidant!»

«Jaja, i gseh's.»

«Was sol ich?»

Der Kaschtlan betrachtet das ugstüem Froueli u verchündet mit zfridenem, aamächeligem Lächle: «Dir chömet mer grad wie gwünscht!»

Di Züsa het d Gutteren uuf u jublet: «Gälet! ich ha gsinet, das Traach chönti ...»

«Nenenenei», underbricht sa der Herport. «Es isch wäg öppis anderem. Dir dörfet jetz im ganze Länkbiet ga umsäge, dass ds Tabakverbott ufghoben isch.»

«Hä?» macht di Züsa u staret der Kaschtlan mit offenem Mull aa.

«Jawohl», lächlet der Herport. Er wyst gäge Tisch u siit: «Dert lyt di obrigkeitlechi Verordnung.»

«Stimmt daas?»

«Wen ig's säge, wird's wohl so sy», nickt der Herport.

«Eh der Tag u ds Läbe! Un iich tarf –» Ohni der Satz fertigzmache, schuenet di Züsa zum Ofe, trückt ihrem Mandli di Guttere in Arm u schnederet: «Häb daas!»

«Ja was woscht?» fraagt der velig überrumplet Lynewäber.

«Waas ächt? – Ga umsäge!» trumpeetet di Züsa u galoppiert zur Stuben usi dervo.

Di Zruggblibene gugge dem schützige Froueli nahi u bräche in es luts Glächter uus. Na mene Schutzeli siit der Kaschtlan: «Die wäre mer loos.»

«Jawoll», lachet der Dorfschmiid, «jitz giit d Fäldposcht uf di groossi Tuur!»

«... u Bäärchtli gseet sy Wäbstüblitragunner bis zum Ynachte nütme!» chreeit der Buggs übermüetiga.

«Es ischt z fürchte», schmunzlet der Jaggi.

«... oder z hoffe!» witzlet der Ufpasser.

Der Lynewäber het wäret alem Gspött ging vom

iinte Spötter zum andere ggugget u het net rächt gwüsst, ob er ooch soll lache... oder ob er wäge dem ugattlichen Uftritt vo sym Froueli soll tuuba sy. Er ischt o süscht net zfride. Es ischt dä Vormitaag net ggange, wien är gsinet u ghoffet un erplanget het. D Ehrbarkiit blybt trotz alem d Ehrbarkiit! Un är blybt ds armseelig Lynewäberli, wo nüt z bedüte u nüt z säge het, wo jitz überzeligs ischt u chönti gaa. Aber er blybt vorderhand sitze u waartet ab. Vilicht chunt er nuch zu mene Bächer Wy! Vilicht. Jaa. U där wellti er schich net lan eggaa.

«Übrigens Lynewäber», redt ne der Kaschtlan aa, «wie syt Dir di letschti Wuche mit Euer Frou zschlaag cho?»

«Oo, gwüss usgeziichnet, Herr Chaschtlan.»

«Soso, de het eren also my Intervention rächt guet aagschlage», pluuschteret sich der Herport mit emene zfridene Lächlen uuf u ghöörti warschynlich gäären es Kompliment.

«Ier hiit üüs e schuderhafti Angscht ygjagt, Herr Chaschtlan», bетüret ds Schläppeli u ferrt sofort versöhnlichs wyter: «Aber wil Ier du hütt üüsi ganzi Puess der sündigen Ehrbarkiit ufghalset hiit, ischt dem Herr Chaschtlan doch de nuch e Platz im Himel sichera. Un iich wellti nuch für Eui Guettat vo ganzem Häärze danke.»

«So, myni Here», rüeft der Predikant under der Gangtür u chunt mit ere Chane Wy u de Bächere zum

Tisch. Dienschtfertiga nimt ihm der Tritte di Sachen ab u stellt iis nebe ds andera u e Tisch. Der Predikant gugget zum Herport, wyst mit der Hand uf d Stabäle oben am Tisch u siit früntlich: «Herr Kaschtlan, weit Der so guet sy.»

«Danke, gärn», erwideret der Herport u setzt sich uf e anerbottene Ehreplatz. Di andere sy echli ordelicher zwääggsässe u gugge stillvergnüegt zue, wie der Predikant d Wychane ergryft u schöön sorgfeltig ii Bächer nam andere vo müglichscht wyt obna yscheecht.

Ds Schläppeli sitzt iisams u verlaasses uf em Stubenofe u waartet u planget, dass mu's ooch hiisst a Tisch sitze. Aber es achtet sich niemer syne! Er het d Bächera scho zellt un ischt uf sibe cho. Also wurdi's für ihne imel ooch lenge. Es ischt es tuusigs Züg! Er cha doch net säge, är sygi de o nuch daa! Das weeri z uverschant u wurdin ihm allwääg nüt ybringe. Also probiert er'sch uf ene schleueri Gattig. Er chunt vom Ofen aha, nimt di Guttere in Arm u siit in aller Beschiidehiit gägem Tisch: «Ich söllti mich teech oppa verabschide.»

Der Predikant gugget ab alem Vertiile vo de Bächere uuf un erwideret früntlich: «Nenei Lynewäber! Chömet! I ha ou für Euch e Bächer mitbracht.»

«Sitz zueha, Bäärchtli! u fröi dich mit üüs!» gaagget der Buggs. Di andere pflichten ihm groosszügig by u rutschen echli zeme.

Ds Schläppeli tuet derglyche, wie wen äs sich di Yladig nuch echli müessti überlege. De siit's eso obehii: «Janu, wenn er miinet... de wil iich i chrischtlicher Neechschteliebi zuehisitze.» Es stellt di Guttere tifig uf en Ofe zrugg u nimt nebem Buggs Platz. D Bächera sy fertig vertiilt worde, der Predikant het sich nebe Jaggi gsetzt, u der Trunk het chönen aafaa.

Als erschta het der Kaschtlan sy Bächer uuf u lachet gägem Schläppeli: «Also de, uf chrischtlechi Nächschteliebi!»

«Uf ds Wohl, Herr Chaschtlan!» git der Lynewäber mit sym Bächer guettäggels zrugg u strahlet über ds ganz Gsicht. Uf daas hii, hii sich o di andere über e Tisch ewägg ‹i chrischtlicher Neechschteliebi› zuetruuche, un es ischt vergnüeglich bbächeret worde. Mu het sich am Wy güetlich ta, het dä süffig Tropfe vo enet em Rawil gnosse; der Predikant het frygäbig nahigscheecht, un es ischt rächt fröölich zue u häär ggange.

Der Jaggi, wo bis jitz zimlich stila ischt gsi, het uflicha gschmunzlet: «Jitz gfallt's mer umhi uf Gottes Ärdbode.»

«Üüs ooch!» lachet der Tritte.

«Jawoll», chreeit der Buggs, «jitz ischt Gott sei Dank alz umhi i schööschter Ornig!»

«No nid ganz alles, myni Here», lächlet der Kaschtlan. Er trinkt gniesserisch e Schluck Wy, stellt der Bächer bedäächtig ab u verchündet: «I ha no en Uftrag vom Ratsheer von Erlach z erledige.»

Am Tisch git's erstuneti Gsichter. Was zum Tüüfel, sinet der Buggs. U di andere gugge leng dry. Der Herport niflet e Zytlang umschtentlich i sym Rockbuese. De siit er mit emene schelmische Lächle: «Lueget daa, was er nech schickt!» Er ziet langsam es par Tubakpfyffleni us em Sack u liit Stück um Stück nebenandere uf e Tisch.

«Aiaiaiai», frohlocket der Buggs. «Eh der Teeder, der Teeder!»

«Tubakpfyffleni! Nigelnagelnüji Tubakpfyffleni!» jublet ds Schläppeli. Es rybt ganz ufgregts d Stirne u staret iisderdaar uf där unerwaartet Säge.

«Eh der Tag u ds Läbe», veranteret der übermüetig Ufpasser di Züsa.

«... zwüü, vier, säggs, sibe Stück!» verchündet der Tritte.

Der erstunet Jaggi fraagt: «Di Tubakpfyffleni schickt üüs der Ratsheer von Erlach?»

«Jawohl», lächlet der Herport, «der von Erlach! Und er schrybt i sym Brief unter anderem maliziös: är hoffi, dass nech di Pipe in ere rächt aagnähme Wys immer a eue faux-pas erinnere! Und dass si nech vor wytere Fähltritte bewahre.»

«Wier wii nus ali erdenklichi Müei gee», zwitscheret der Buggs.

«Hoffentlech», erwideret der Herport. De reckt er i

Hosesack, ziet es Secki Tubak fürha, liit's u e Tisch u schmunzlet: «Das isch ou vom von Erlach!»

«Tuusig Wätter. Sogar nuch ds Chrut!» lachet der Tritte.

«Jaa mytüri!» dopplet der Ufpasser nahi.

Früüd un Übermuet ziige sich uf de Gsichtere vo de Bescheerte. Si strahle u sy sogar echli stolz! Dass e Bärner Ratsheer ihne Pfyffleni u sogar Tubak schenkt, das ischt de net nüt! Da chöne si sich schon echli miine!

Der Herport betrachtet di zfridene Gsichter. De ergötzt er sich am Lynewäber, wo iisderdaar begierig uf di nüije Tubakpfyffleni staret. – Er trinkt e tola Schluck Wy, stellt der Bächer ab, rybt undernemigsluschtig d Hend u verchündet uflicha über e Tisch y: «So myni Here, jetz müesst Dir mer zeige, wie me mit däm Chrut umgeit!» Er nimt e Pfyffen a sich, schiebt di andere i d Mitti vom Tisch u lachet: «Bitte, bedienet nech!»

Der Buggs, der Lynewäber u der Ufpasser schiessen uf di Pfyffi u neme tifig di erschtbeschti a sich. Der Tritten ergryft grad zwo u streckt iini dem Predikant eggäge. Där schüttlet der Chopf u siit mit emene düne Lächle: «Nei, danke. Mir isch der Gluscht vergange. Aber bitte, machet nume.» Er stiit uuf, ergryft dienschtfertiga der Cherzestock u giit für di Tubäkler i d Chuchi ga Füür fasse.

«U de du Peter, gryf zue!» het der Schuelmiischter

zum Jaggi tüderlet. Aber där het vom Rüüke äbefalls gnueg u het erkläärt: nach all dem, won är di lötschti Wuchen a Lyb u Seel hiigi müesse dürhimache, rüeri är syr Läbtig ekii Pfyffe me aa.

Der Herport het der Predikant u der Jaggi guet begriffe. An ihrer Stell wurdi är warschynlich o nütme tubäkle. Aber är ischt besser drande, är het ekiis Gsetz missachtet, ischt unbelaschteta u wott jitz das verfüererischa Chrut entlich emal usprobiere.

Di Tubäkler hii drufloos ihrer Pfyffleni gstopft. Di iinte hii vom Ratsheretubak ygfüllt u di andere hii sich a der abgliferete Ruschtig vom Dorfschuelmiischter güetlich ta. Es het uf em Tisch echli es Zütter ggee. Aber das het nüt z säge ghäbe.

Der Lynewäber het ab alem Yfüle gäg em Herport ggugget u het grüeft: «Net z hert stopfe, Herr Chaschtlan, net z hert! Süscht git's es Gwurgg! U de het di Pfyffe zweenig Zuug!»

«Aha, jaa. Danke Lynewäber», het der Herport erwideret u het sich umhi mit syr Pfyffen abgmüeit.

«Jawoll, jitz isch' besser! Numen eso wyter!» het ne ds Schläppeli bschuelet. Der Kaschtlan het schön gfolget – u na mene Schutzeli het der Schläppi tüderlet: «Sooseli! Jitz isch' guet! Jitz chönt er'sch la sy!»

Der Herport het ufggugget u glächlet, wie wenn er dem Lynewäber welti es Kompliment mache.

I dem Moment ischt der Predikant mit der brünige Cherze zruggcho u het sa vor em Herport uf e Tisch gstellt. «Da, Herr Kaschtlan», het er früntlich gsiit un ischt umhi neb em Jaggi abgsässe.

«So, jitz müesset Er Füür nee, Herr Chaschtlan!» het ds Schläppeli gflöötlet. Der Herport het di Pfyffen i ds Mull gnoo, aber er het net rächt gwüsst, wien er das Füürnee soll aastele. Ds Schläppeli het vo sym Platz uus Aawysigi ertiilt, u der Dorfschuelmiischter ischt ihm ga zwääghälfe. Derby het er gwalschtet: «Guet eso. Jaa. Nu echli neeher. Guet, guet. Blybet eso. – Jitze müesset Er ganz fyn sügerle!»

Der Herport het fyn gsügerlet u ds Schläppeli het grüeft: «Häbet Sorg, dass nuch der Ruuch net i Hals chunt!»

Under där sachverstendigen Aaliitig het der Kaschtlan di Pfyffen über em Cherzeflemi i Betriib gsetzt u het etzückta synner erschte blaue Rüücheleni i d Luft usibblaase.

D Cherzen ischt vom iinte zum andere wyterggee worde. Di Tubäkler hii der Reije naa früüdig u sorgfeltig Füür gnoo. U nüt über lang ischt im Pfruendhuus umhi gnüsslich tubaket worde – erluubterwys dizmaal.

Am Suntig druuf ischt d Ufhebig vom Tubakverbott im ganze Bärnerland u de Undertanegebiete dem Volch von ale Chanzli aha verläse worde. Ab sofort ischt ds Rüüke, ds Schigge u ds Schnupfe, vom Genfersee bis uf Lenzburg ahi, erluubt gsi.

Der Tubak u di Pfyffleni sy jitz ohni Schwirigkiit i ds Land un i Handel cho u hii dürewägg gueta Absatz gfunde. Mit der Zyt het ds Tubäkle i Stadt u Land zum guete Ton ghöört. Numen äbe: Dür d Yfuer vo dem begärte fremdlendische Chrut sy viil guet Bärner Batze über d Grenzen usi abgwanderet u hii – zum Liidwäse vo der fürsorglichen Obrigkiit – di prallvoli Staatskasse i ds Uggriis bbraacht.

Für dem Übelstand so guet u so glęhig als müglich abzhälfe, het d Regierig e Löösig gsuecht u het de bärnische Landvögte im Waadtland chreftig Tubaksetzliga zur Aapflanzig in ihru Gebiete la zuecho, «damit fürderhin nicht soviel gutes Berner Geld ausser Landes gehe», het's usdrücklich ghiisse.

D Waadtlender Pure hii mit em Pflanze vo dem fremdartige Chrut gueta Erfolg un e willkomena Verdienscht ghäbe. Ds Bärnervolch het jitz Tubak us sym Undertanegebiet grüükt, u di bärnische Finanze sy umhi gäbig binenandere bblibe.

Eso ischt ale ddienet gsi.

Wörterverzüchnis

aariise	in die Wege leiten
bherte	behaupten, versichern
bhuute	können, zustande bringen, bewältigen
Bschlüssig	Türverschluss, Schloss
Bschütti	Jauche
Bütti	Holzbottich
byfere	geifern, Einspruch erheben
chädere	keifen
chniepe	jammern, klagen, mühsam etwas tun
chötte	herbeilocken
chürchle	mühsam reden, keuchen
chüschele	flüstern
Chyb	verbissener Groll
ebbha	festhalten
eeb	ehe, bevor
enöjis	etwas
erschmijet	erschrocken
etriiset	verwirrt, verstört, aus der Bahn geworfen
Fahri	hier für Auseinandersetzung
flüdere	schütteln
futtere	schimpfen
gaagge	krächzen
geej	jäh, plötzlich, auch steil
glehig	rasch, flink, behend

gmutthuuffnet	verbrennen von Stauden und Unkraut auf dem Felde. Schwelfeuer mit viel Rauch
gnööt	notleidend
Gööni	Schöpfgefäss, hier für Tabakpfeife
Grene	Grimasse
gringglet, ringgle	zurechtweisen, züchtigen
Gruscht	Gegenstände, abwertend
guettäggels	gut gelaunt
Gurli fiegge	hart anpacken, Verweis erteilen
Gwurgg	fest, unsorgfältig zusammengepresst
heepe	laut rufen
hübschelich	leise, behutsam
hüschtere	hetzen
Huut	Kopf, Haupt
Kastlan	Schlossherr, Vertreter der Regierung
Lageli	ovales Holzfässchen zum Beladen der Saumtiere
Lengg	Lenk, oberste Ortschaft im Simmental
Malefikant	Übeltäter, franz. malfaiteur
Mandat	obrigkeitliche Verordnung
Meelti	Mahlzeit
muderig	unwohl, kränkelnd
mutz	barsch, wortkarg
nifle	an etwas herumfingern
nuusche	suchend herumstöbern und dadurch in Unordnung bringen
pfire	rasch gehen, herumrennen
pfösele	trippeln
Pfruendhuus	frühere Bezeichnung für Pfarrhaus
plötsche	sich fallen lassen, heftig aufprallen
pluuschtere	sich aufblähen

pöögge, ufpöögge	sich wichtig machen
Pööri	Schmerzanfall, Körperqual
poorze	mühsam etwas tun
pralaagge	lauthals prahlen, aufschneiden
Predikant	ehemalige Bezeichnung für Pfarrer
puckt	barsch, kurz angebunden
Pürzi	Haarknoten
räägge	laut krächzen
raatiburgere	hin und her beraten
raaue	mürrisch oder weinerlich reden
riiche	holen
rühele	lächeln, fröhlich wiehern
Schili	ärmellose Weste
schlengge	schwungvoll bewegen
schlurgge	schlürfen, trinken
schmiize	peitschen
schnaaue	anfahren, barsch abfertigen
schnedere	rasch und viel reden, schnattern
schnüpfe	schluchzen
schnuwle	schnauben, schnauzen
Schutzeli	ein Weilchen
spargimentere	umständlich tun, unbeholfen
Sprange	von brennendem Holz abgesprengter Funke
streenig	struppig, strähnig
sum, sumu, sumi	einige
Suwplaatere	Schweineblase
tribeliere	antreiben
triihe	trinken
tschädere	laut plappern, Lärm machen
tüderle	schön reden, schmeicheln, dudeln
tüpp	schwül, heiss, gewitterhaft

Ture	Turm
tuub	zornig
tuuch	niedergeschlagen, kleinlaut
tüüssele	behutsam, lautlos gehen
übersüünig	übermütig
uflich	gutgelaunt, munter
ufpluuschtere	sich aufblähen, wichtig machen
Uggriis	Abweichung, Unstimmigkeit
umsäge	bekanntmachen, von Haus zu Haus kundtun
uwirsch	verärgert, zornig
velig	vollständig, völlig
verantere	spöttisch nachahmen
Verheech	abschirmende Aufhängung
Verleider	Bezeichnung für Aufpasser, amtlicher Schnüffler
Verschliikte	im Verborgenen
verschmijet	verdattert, verwirrt
walschte	grosssprecherisch reden
weebere	wimmern, jammern
Welbi	Decke eines Raumes (ursprünglich gewölbt)
widerpaale	widerhallen
wiigge	hin und her bewegen
wijene	wimmern
zäberle	mit kleinen Schritten gehen, trippeln
Zettel, Zetti	im Webstuhl aufgespannte Kettfäden
Zütter	unordentlich verstreute Kleinigkeiten

Veröffentlichungen von Walter Eschler

1953: Der Talwäg, Freilichtspiel, vergriffen
1956: Tüüflisches Chrut, Lustspiel, Volksverlag Elgg
1960: Oberamtmann Effinger, Lustspiel, Volksverlag Elgg
1965: Steinige Bode, Schauspiel, Volksverlag Elgg
1965: Doppelspur, Hörszene, Radio Bern
1966: Der Salpetersieder, Hörspiel, Radio Bern
1967: Der Anke-Söimer, Einakter, Volksverlag Elgg
1970: Der Dienstverweigerer, Hörspiel, Radio Bern
1974: Louigfahr, Erzählungen, Zytglogge Verlag
1983: Alpsummer, Erzählungen, Zytglogge Verlag
1986: Wie das Obersimmental zu Bern kam,
	Jubiläumsschrift, Kopp, Zweisimmen
1988: Prosafassung «Tüüflisches Chrut», Zytglogge

Schon in dritter Auflage liegen heute die Simmentaler Geschichten von Walter Eschler vor. Der Autor, der sich vor allem mit Mundartdramen und Hörspielen einen Namen zu machen wusste, erzählt vom Leben in seiner Obersimmentaler Heimat in früherer und jetziger Zeit. Seine Geschichten sind nicht Glorifizierungen des Älplerdaseins, sie zeigen die Nöte, aber auch das Glück, die Wortkargheit, aber auch den Witz, der den Leuten, die zwischen Zweisimmen und der Lenk zuhause sind, eignet. Nicht zu erwähnen vergessen darf man die Sprach- und Stilsicherheit, die Eschler auszeichnen, und auch seine ausgezeichnete Schreibweise der Mundart, die einem bei leichter Lesbarkeit doch den Klang des schönen Dialekts zu vermitteln weiss. *pak. (Bund)*

Da wird erzählt von skurrilen Käuzen, von Wandererlebnissen, von harten Bergbauernschicksalen, und dazwischen auch urkomische Begebenheiten wie die vom «Bluemehueteli», das als Sargbukett endet. Zwischen derb-humoristisch (Gemschfrävel) und aufwühlend tragisch (die Titelnovelle Louigfahr) beherrscht der Schriftsteller die ganze Tonleiter unserer Gefühlsstimmungen und spielt seine Musik darauf. Immer aber tönt es echt und unverfälscht, nie steht die Moral, immer das Wirkliche Leben im Zentrum.

Natürlich gehört die Sprache mit zu seiner Kunst. In seinem Vorwort zum «Alpsummer» erklärt er die obersimmentalischen Aussprachebesonderheiten und in einem Anhang zu beiden Geschichtenbändchen finden sich ausgezeichnete Wörterverzeichnisse. So wird denn auch das Lesen und Vorlesen der Geschichten Eschlers zum reinen Vergnügen.

Ruth Bietenhard (Sämann)